CONTES DE LA LUNE

Pour Cécile et Simon.
K.B.

Un ouvrage publié par Nicole Maymat

Dépôt légal : octobre 2005
ISBN : 2-02-063974-2
N° 63974-1

www.seuil.com

KOZA BELLELI

CONTES DE LA LUNE

ILLUSTRÉ PAR YURA KOMINE

SEUIL

La Femme aux pierres de lune

Il y a longtemps vivait un roi avide et cruel, qui ne faisait que la guerre.

Quand il apprit qu'une femme d'un autre royaume avait des pierres de lune, il chevaucha vers elle. Il l'enleva et l'enferma dans son château. La femme était si belle que le roi l'aima comme un fou. Et les pierres avaient tant de mystère qu'il les fit garder par une horde de loups.

Si la femme avait grande beauté, elle avait aussi beaucoup de courage. Et il n'en fallait pas manquer pour subir les outrages de ce roi sanguinaire. Chaque nuit, il s'allongeait près d'elle. Prenant son visage entre ses mains, il regardait dans le fond de ses yeux. Et quand il y voyait passer des troupeaux de rennes, il s'endormait heureux, laissant croire un instant qu'il n'avait pas de haine.

Un soir le roi demanda :

– Femme, parlez-moi de vos pierres.

– Hélas, répondit-elle, le temps n'est pas encore venu.

– Que faut-il faire au temps ?

– Il faut le laisser entrer.

– Soit, dit le roi. Pour vous j'entrouvrirai ma forteresse.

Dès lors, la femme aux pierres de lune put contempler les nuits, put contempler les jours. Ce qui apaisa son cœur et les loups.

Il arriva que la femme mette au monde un bel enfant auquel le roi offrit une épée d'argent. Mais, dévoré par une jalousie féroce, il ôta l'enfant du sein de sa mère et l'abandonna à ses hommes de guerre.

Ignorant le chagrin et les larmes qu'il lui avait infligés, le roi revint s'allonger près de la femme aux pierres de lune. Prenant son visage entre ses mains, il regarda dans le fond de ses yeux. Et quand il y vit passer des mâts de misaine, il s'endormit heureux, laissant croire un instant qu'il n'avait pas de haine.

Un soir le roi demanda :

– Femme, parlez-moi de vos pierres.

– Hélas, répondit-elle, le temps n'est pas encore venu.

– Que faut-il faire au temps ?

– Il faut l'embellir.

– Soit, dit le roi. Je vous apporterai les couleurs des pays que j'ai conquis.

Dès lors, la femme aux pierres de lune put revêtir ses heures lasses. Ce qui apaisa son cœur et les loups.

Si la femme avait grande beauté, elle avait aussi beaucoup de courage. Et il n'en fallait pas manquer pour subir les outrages de son amer destin. Elle fut grosse une seconde fois. Tout au long de ses jours, tout au long de ses nuits, elle craignit la jalousie du roi. Ce dernier, quand vint l'enfant, lui offrit une lance d'argent. Mais aussitôt, il l'ôta des bras de sa mère et l'abandonna à ses hommes de guerre. Puis, ignorant le chagrin et les larmes qu'il lui avait infligés, le roi revint s'allonger près de la femme. Et voyant passer dans le fond de ses yeux des soleils sur la plaine, il s'endormit heureux, laissant croire un instant qu'il n'avait pas de haine.

Quand la femme sut qu'elle attendait un troisième fils, elle garda le secret au plus profond de son âme. Elle se para de la lumière des jours et s'enveloppa des couleurs que le roi lui avait données. Ce dernier, amoureux fou, ne la quittait jamais. Un soir il lui demanda :

– Femme, parlez-moi de vos pierres.

– Hélas, répondit-elle, le temps qui m'était donné pour le faire ne viendra plus.

Le roi, alors, se mit à hurler de rage :

– Mais que faut-il faire au temps ?

– Il faut partir à sa recherche et le tuer, puisqu'il nous abandonne, répondit la femme aux pierres de lune.

– Soit, dit le roi. Demain je lèverai mes armées et j'irai le combattre.

À l'aube, voyant s'éloigner le tyran, la femme aux pierres de lune put mettre au monde son enfant. Ce qui apaisa son cœur et les loups.

Alors qu'à l'autre bout du monde le roi livrait bataille contre le temps, la vie dans son royaume retrouva face humaine. La naissance de l'enfant fut une grande source de joie. Les murs de la forteresse se firent écrin de soie pour protéger le bonheur. Et les sujets saluèrent sa naissance, offrant gerbes de blé et bouquets de lavande.

Comme autrefois, il y eut les quatre saisons, les troubadours et les poètes. Comme autrefois, il y eut les

moissons, les flambeaux sur la tour et les fêtes. Mais quand surgit le vent du nord, la femme aux pierres de lune sut que le roi reviendrait. Alors, elle confia son fils aux loups et aux étoiles. Et, s'agenouillant, elle pria. Elle pria tant et tant que l'écume sauvage, devinant ses craintes, effaça leurs traces afin que le roi sanguinaire ne les retrouve pas. Et c'est ainsi que l'enfant et la horde de loups trouvèrent refuge près de la dune.

À son retour, le roi déposa aux pieds de la femme la dépouille du temps et lui dit :

– Le combat fut sanglant. Tous mes hommes et vos fils y ont laissé leur vie, mais j'ai vaincu.

Sans voir la profonde blessure que ses mots venaient de faire, le roi prit le visage de celle qu'il aimait entre ses mains. Puis, sous le coup d'une jalousie soudaine, il demanda :

– Femme, qu'avez-vous fait pendant mon absence ?

– Que pouvais-je faire ? dit-elle. Que pouvais-je faire, sinon vous attendre ? Vous attendre encore et encore. Vous attendre toujours.

– Ah ! murmura le roi, que vos mots sont doux à mon cœur.

Et, s'allongeant auprès d'elle, il l'entendit prononcer les paroles qu'il espérait tant. À l'aube, enfin, elle lui révélerait le secret de ses pierres. Alors, il s'endormit heureux, laissant croire un instant qu'il n'avait pas de haine.

Le roi pensait avoir tué le temps, mais il en vint un autre. La femme le sut et mit de beaux atours. Le souverain ne la quittait plus. Un soir, lui rappelant sa promesse, il demanda :

– Parlez-moi de vos pierres.

– La première pierre est faite d'or et d'argent, dit-elle. Emportez-la avec vous. Traversez la nuit jusqu'au lever du jour. Au premier rayon du soleil, réduisez la pierre en poussière. Alors, toutes les richesses du monde seront à vous.

Le roi fit ainsi. Il traversa la nuit jusqu'au lever du jour, réduisit la pierre en poussière et toutes les richesses du monde furent à lui. Jamais il n'avait vu tant de splendeurs. Aussi, quand il revint, il offrit à la femme une alliance gravée.

Un autre soir, la femme orna sa chevelure. Le souverain, étendu auprès d'elle, lui rappela sa promesse et demanda :

– Parlez-moi de vos pierres.

– La deuxième pierre est faite de jade et d'ivoire, dit-elle. Emportez-la avec vous. Traversez la plaine jusqu'au lever du jour. Au premier rayon du soleil, réduisez la pierre en poussière. Alors toutes les gloires du monde seront à vous.

Le roi fit ainsi. Il traversa la plaine jusqu'au lever du jour, réduisit la pierre en poussière et toutes les gloires du monde furent à lui. Jamais il n'avait reçu tant d'honneurs, aussi, quand il revint, il offrit à la femme une traîne brodée.

Un autre soir, la femme colora ses lèvres. Le souverain, qui n'avait d'yeux que pour elle, lui rappela sa promesse et demanda :

– Parlez-moi de vos pierres.

– La troisième pierre est faite de larmes et de cendres.

Le roi, surpris, voulut en savoir davantage.

– Oh, sire ! lui dit la femme, vos actes de bravoure ont eu raison du temps que vous avez vaincu, imposant le respect à tous. Mais vos richesses et votre gloire ont noirci l'âme de ceux qui vous haïssent. Alors, emportez la pierre avec vous. Traversez le fleuve jusqu'au lever du jour. Au premier rayon du soleil, réduisez la pierre en poussière. Alors vos ennemis tomberont devant vous.

Le roi fit ainsi. Il traversa le fleuve jusqu'au lever du jour, réduisit la pierre en poussière. Mais là, c'est lui qui tomba, foudroyé sous le nuage de cendres qu'il venait de faire. Sa dernière heure était enfin venue.

La femme le sut. Sans attendre, elle jeta dans le fleuve l'alliance, la traîne et le corps de son tyran. Ce qui apaisa son cœur et les loups.

Libérée du joug de ce roi cruel, la femme aux pierres de lune fit abattre la forteresse.

Les sujets vinrent saluer son courage, offrant gerbes de blé et bouquets de lavande. Comme autrefois, il y eut les quatre saisons, les troubadours et les poètes. Comme autrefois, il y eut les moissons, les flambeaux sur les tours et les fêtes. Mais la femme voulait revoir son enfant, ce fils chéri qu'elle avait confié aux étoiles. Alors elle quitta le pays et chevaucha longtemps.

La femme aux pierres de lune chevaucha si longtemps qu'elle vit toutes les plaines, les déserts et les landes. En chemin, elle écoutait ce que d'aucuns racontaient :

– Nous avons vu l'enfant. Beau, à nul autre pareil. Il a pris ce chemin qui semble mener au soleil.

En entendant ces mots, la femme repartait, portée par l'espérance. En vain, car le destin, étrange, ne fait pas ce qu'on lui demande.

À bout de forces, la femme s'arrêta et, s'agenouillant, elle pria. Elle pria dans le soir qui descend et sut que son fils, voleur près de la dune, était aimé d'amour.

Elle pria dans le soir qui descend. Mais l'écume, sauvage, avait depuis longtemps effacé les pas de son enfant. Et jamais, jamais elle ne retrouva sa trace.

Le Chevalier et le Voleur

Il naquit le même jour deux enfants.

L'un était fils de fortune, l'autre abandonné près de la dune. Le premier grandit dans des draps de lin, le second sur le bord des chemins. Et c'est ainsi que, au fil du temps, il y eut un chevalier et un voleur.

Le chevalier venait de remporter une grande bataille. Pour prix de son courage, le roi lui accorda la main de sa fille. Néanmoins, avant de celer leur union, il lui dit :

– Capture le voleur qui effraie mes sujets. D'aucuns

racontent que l'homme ne craint ni les loups ni les vagues et qu'il connaît l'étrange histoire de la femme aux pierres de lune. Va, ramène-le et ma fille sera à toi.

La fille du roi avait de longs cheveux parés de nuages. De voir si doux visage, le chevalier tomba éperdument amoureux. Chaque jour, il lui rendait ses hommages et offrait un bouquet de roses.

Quand la nuit venait, la fille, contemplant les étoiles, demandait :

– Y aura-t-il autant de baisers qu'il y a de roses en ce bouquet ?

Et le ciel répondait :

– Il y aura plus de baisers qu'il n'y a de roses en ce bouquet.

Alors, bercée par ce tendre poème, la fille du roi s'endormait.

Sur la lande, la fille du roi chevauchait et, là, décrochait sa légère parure. Un jour, elle chevaucha si loin qu'elle s'égara du côté de la dune. Elle appela. Elle appela encore, mais nul ne pouvait l'entendre. Elle pleura longuement. Elle pleura tant de temps qu'un homme trouva ses larmes. Il s'approcha d'elle et lui dit :

– Que fais-tu de ce côté de la dune ?

– J'attends le paladin qui me reconduira auprès de mon père.

– Hélas, reprit l'homme, le chevalier ne vient jamais ici. Il ne vient jamais, pourtant n'aie crainte.

Et, prenant la main de la fille, il la ramena dans son royaume. Quand ils arrivèrent près de la tour de garde, la fille du roi donna le plus beau de ses nuages à celui qui l'avait sauvée.

Devant ce doux visage, le voleur qui ne craignait ni les loups ni les vagues, l'homme qui connaissait l'étrange histoire de la femme aux pierres de lune, sentit naître l'amour.

Depuis longtemps déjà, le chevalier avait remporté une grande bataille. Le roi, pour prix de son courage, lui avait accordé la main de sa fille. Néanmoins, avant de celer leur union, il lui avait demandé de capturer le voleur. Alors, sur sa fière monture, le chevalier parcourait le pays de l'aube jusqu'au soir. S'en revenant, il cueillait un bouquet de roses qu'il offrait à sa promise. Il s'agenouillait près d'elle et disait :

– Bientôt, bientôt j'attraperai cet homme qui ne m'effraie pas.

Puis, dévoilant son âme, il confiait à celle qui lui était promise :

– Je redoute seulement que vous ne m'aimiez pas.

Un matin le chevalier partit, vaillant et brave, sur sa fière monture. Près de la lande, il aperçut la fille du roi décrochant sa légère parure. Il décida de la suivre pour l'aider à trouver plus beau nuage encore. Or ce jour-là, la fille s'en alla si loin qu'elle arriva près de la dune. Le chevalier s'approcha doucement, le lieu n'était pas sûr.

C'est là qu'il les vit, enlacés. Son aimée et le voleur, étourdis de bonheur. Il les vit s'embrasser, près de la mer soumise. C'est là qu'il tomba, éperdu de douleur, retenant au plus profond de lui sa colère et ses larmes. À la fin du jour, le chevalier revint l'âme meurtrie. Ne laissant rien paraître, il cueillit un bouquet de roses qu'il offrit à la fille du roi. Il s'agenouilla près d'elle et murmura :

– Bientôt, bientôt j'attraperai cet homme qui ne m'effraie pas.

Et, dévoilant son âme, il avoua :

– Je redoute seulement que vous ne m'aimiez pas.

Une nuit, la fille du roi, contemplant les étoiles, demanda :

– Y aura-t-il autant de baisers que de vagues sur la mer ?

Et le ciel répondit :

– Il y aura plus de baisers qu'il n'y a de vagues sur la mer.

Bercée par ce tendre poème, la fille s'endormit.

Profitant de son sommeil, le chevalier entra dans sa chambre. Ce qu'il vit le laissa sans voix. Comme au-delà de la lande, des gerbes d'écume ornaient sa couche. Et près de son feu, une horde de loups semblait veiller sur elle. Penché sur ses paupières, le chevalier s'aperçut que tout cela n'était qu'un rêve. Hélas, il ne vit ni le souvenir de sa grande bataille, ni ses bouquets de roses. La fille du roi dormait parée de beaux nuages. Devant ce doux visage, le chevalier, éperdu de douleur, prit sa dague, pénétra la chair de son aimée et déroba son cœur.

Quand le roi connut le sort de sa fille, il manda le chevalier, les écuyers et fit battre le fer. Aussitôt, il leur ordonna de partir et de capturer le voleur, mort ou vif. Alors, sur leurs fières montures, ils allèrent. Au-delà de la lande, jusqu'au bord de la dune. Puis doucement, ils s'approchèrent, le lieu n'était pas sûr.

C'est là qu'ils le trouvèrent. Insolent, ne craignant ni les loups, ni les vagues rebelles. C'est là qu'ils l'arrêtèrent. Ils étaient plus de cent mais lui était sans arme, n'attendant que sa belle.

Traîné jusqu'au royaume, le voleur fut enchaîné dans la tour de garde. Le pays salua la nouvelle victoire du chevalier et ce dernier promit au roi :

– Bientôt, bientôt je retrouverai le cœur de votre fille et je l'aimerai jusqu'à la fin de ma vie.

Et sans attendre, le chevalier se mit en chemin.

Tenant lit de justice, le roi dit au voleur :

– Rends son cœur à ma fille.

– Sire, je ne pourrais le rendre. Je n'ai volé que votre pain quand mes bêtes avaient faim. Je n'ai volé que l'eau de votre source quand le lait de la lune ne coulait plus.

– Pourtant, s'enquit le roi, d'aucuns racontent que tu aimes mon enfant.

– Sire, je ne pourrais mentir. Son regard est si doux, ses nuages si beaux.

– Ainsi tu le reconnais, sachant que tu n'aurais jamais eu sa main, tu as pris son cœur ?

– Sire, en vérité mon âme n'est pas cruelle et ce crime dont on m'accuse, je ne l'ai pas commis.

– Hélas, dit le roi, il me faut un coupable et je te ferai pendre.

– Est-ce là votre loi ? cria le voleur.

– C'est celle de mes gens. Écoute-les hurler, bien plus fort que tes loups. Mes gens veulent ta mort depuis longtemps et je la leur donnerai, demain au petit jour.

Avant l'exécution, le souverain se rendit au chevet de sa fille. Avec une tendresse infinie, il caressa son visage et lui dit :

– Le brave chevalier a trouvé le coupable et promis de rapporter votre cœur.

Il dit encore :

– Ô ma belle enfant, vous n'aurez plus à craindre le voleur. Cet homme qui a ravi votre bonheur sera pendu ce matin.

À ces mots, les parures de nuages tombèrent en lambeaux, le feu s'éteignit. Et dans l'air glacé, la fille se mit à pleurer. Elle pleura tant de temps que ses larmes coulèrent jusqu'au pied de son lit.

Le roi se pencha pour recueillir les flots de ce chagrin. C'est alors qu'il vit la dague du chevalier maculée

de sang, déchirant encore la soie qui enveloppait le cœur de sa fille. Pour le souverain, trahi, le coup fut si terrible et son déboire si grand que l'on ne peut ici les décrire. Il se releva enfin, bouleversé.

Avant que la mort ne frappe, il fit clamer l'innocence du prisonnier et attendit patiemment que revînt le chevalier.

Le paladin revint bientôt, tenant serré contre lui le cœur de son aimée. Le roi, très ému, le prit, l'enveloppa d'affection et le rapporta à sa fille. Cette dernière, retrouvant le fil de sa vie, lui conta son récit. Elle avait chevauché si loin qu'elle s'était égarée près de la dune. Elle avait appelé en vain celui qu'elle croyait homme de fortune. Mais c'est celui qu'elle avait craint qui l'avait sauvée et guidée sous les étoiles.

La fille regarda le souverain et ajouta :

– Près de la tour de garde je lui ai donné le plus beau de mes nuages. Et sire, mon père, je l'avoue, pour cet homme qui connaît l'étrange histoire de la femme aux pierres de lune, pour ce voleur que n'effraient ni les loups ni les vagues, j'ai senti naître l'amour.

Le roi, ne perdant rien de cette aventure, emporta les précieuses paroles qu'il venait d'entendre et, à la tombée de la nuit, appela le chevalier. Ce dernier se présenta sans attendre.

– Voici venu, lui dit le roi, le temps de la promesse et voici ce que tu as perdu au combat.

Il tendit alors la dague maculée de sang, déchirant encore la soie qui enveloppait naguère le cœur de sa fille. Le chevalier, reconnaissant sa lame, blêmit.

– Quel était ton amour ? lança le roi. Quelle était ta bravoure ? Et que sont devenus tes serments ?

Le chevalier, vaincu, implora :

– Sire, en vérité, j'ai remporté bien des combats, mais votre fille que je chéris, je n'ai pas su la conquérir. Et voyant qu'un manant dérobait ma plus belle victoire, la folie s'est emparée de moi.

– Je ne peux te pardonner, répondit le roi, et je te condamne. Demain j'effacerai tes titres et tes gloires. Je ferai pendre tes boucliers et tes armes. Et, marqué de mon sceau, je ferai clamer ton oubli. Pars maintenant, puisque tu es banni.

Depuis longtemps déjà, tous avaient délaissé le souvenir du chevalier, et la fille du roi et le voleur s'aimaient. Ensemble, ils chevauchaient sur la lande, se drapaient de nuages et allaient du côté de la dune. Ils voguaient sur les gerbes d'écume, et les loups, en escorte fidèle, les suivaient. Quand ils s'embrassaient sous les étoiles, ils demandaient :

– Aurons-nous pour longtemps ce bonheur qui efface les peines ?

Et le ciel répondait :

– Vous aurez ce bonheur pour toujours.

Bercés par ce tendre poème, l'un près de l'autre, ils s'endormaient.

Sachant cela, le souverain manda le voleur auprès de lui et dit :

– D'aucuns racontent qu'auprès de toi, ma fille au doux visage caresse les vagues, que les loups veillent sur votre amour. Puisqu'il en est ainsi, je t'accorde sa main et te fais son homme lige.

Il y eut alors dans le royaume de grandes réjouissances. Quand vint la nuit, le voleur conta enfin l'étrange histoire. Et tous l'écoutèrent ; son aimée et la mer, le roi et ses gens, les étoiles et le vent. Tous écoutèrent l'étrange histoire de la femme aux pierres de lune.

La Gargoulette

Mon père ne m'avait laissé que peu de biens.

Un banc de terre qui longe l'oasis. Une vieille masure à ciel ouvert. Une poignée d'étoiles pour accrocher au mur et une gargoulette. Elle n'était pas jolie, de terre cuite, ordinaire. Et je ne savais pas pourquoi mon père y tenait tant.

Donc, me retrouvant seul, en âge de me marier, je me mis en chemin pour chercher une épouse. J'étais un homme simple et souhaitais semblable bonheur. Bien des filles étaient belles, mais j'étais si pauvre que leurs pères ne voulaient pas de moi. Et quand les pères pensaient que je ferais un bon mari, c'est que leurs filles étaient très laides.

Alors, je m'en revins chez moi, sur le dos de ma mule. Encore plus seul qu'avant. Je repris la herse pour retourner la terre et des jours à venir je n'attendais plus rien. Pourtant...

Depuis longtemps déjà, les légendes avaient fait le jour et la nuit, se poursuivant sans cesse. Et la nuit était belle sur l'oasis. Et le jour était chaud.

Je ne sais pour quelle raison, la nuit s'était fâchée. Sa colère était si grande qu'elle avait disparu et, avec elle, la lune. Mais la lune, je le savais bien, n'était qu'une petite folle. Puis ce furent les étoiles. Dans un fracas de soie, elles s'envolèrent. J'eus beau tendre mes bras, je ne pus pas en rattraper. Alors, solitaire dans le ciel, il n'y eut plus que le soleil. Et le jour fut sans fin.

Inquiet, je courus chez le sage pour lui conter l'histoire. Il me regarda, puis il tourna son visage. Après, je courus chez le fou pour lui conter l'histoire. Il me regarda, puis il rit très fort. Alors je sus que l'histoire était vraie et que la nuit ne viendrait plus.

La nuit ne venait plus. À force de soleil, mon oasis commençait à mourir. Elle perdait tous ses fruits. Toutes ses dattes tendres, débordantes de miel, se mirent à sécher. Leur sucre ne coulait plus. Elle perdait tous ses arbres. Toutes ses palmes douces qui bercent le sommeil se mirent à faner. Leur sève ne coulait plus.

La nuit ne venait plus. À force de soleil, mon oasis se couvrait de poussière. Cette poussière, je la voyais voler et je luttais, je priais contre elle. Hélas, mes pauvres mots étaient brûlés et mes prières, comme mes larmes, retombaient en cendre sur la terre. Je ne savais plus que faire.

Dans ce jour qui n'en finissait pas, je dormais peu. La peine envahissait mes veines. Et quand la peine commença de bleuir mes yeux, la gargoulette me dit :

– Regarde au fond de moi. Il me reste un peu d'eau. Prends-la et verse-la. Et tu verras. La nuit fera deuil de sa colère et reviendra sur toi.

Je fis comme elle me dit. La nuit enterra sa colère et revint comme autrefois.

Quand le vilain connut l'histoire, il vint chez moi, très tard. Il prit la gargoulette. Vraiment, vraiment, elle n'était pas jolie, de terre cuite, ordinaire. Il se moqua de moi et il me la laissa.

Dehors, la lune rousse, qui était de retour, le regardait s'enfuir. Près d'elle j'allai dormir. Et cette nuit-là, je rêvai de mon père.

La vie, paisiblement, avait repris son cours.

Depuis longtemps déjà, les saisons avaient colorié tous les vents. Le nôtre était si chaud, si jaune qu'il enrobait la dune d'une poudre dorée. Et la lune, jalouse, nous en avait volé.

Mais le vent qui souffla ne fut pas celui-là. Le vent qui resta figea dans l'instant le bleu profond du ciel et les parfums de menthe claire. Alors, un froid terrible, tranchant comme une lame, fit trembler les étoiles. Ma herse se fendait. Et mon oasis fut prise par les glaces.

Inquiet, je courus chez le sage pour lui conter l'histoire. Il me regarda, puis il tourna son visage. Après, je courus chez le fou pour lui conter l'histoire. Il me regarda, puis il rit très fort. Alors je sus que l'histoire était vraie et que le froid s'emparerait de tout.

Mon oasis, soumise par les glaces, commençait à mourir. Elle perdait tous ses fruits. Toutes ses oranges enveloppées d'écorces tendres se mirent à gercer. Leur sucre ne coulait plus. Elle perdait tous ses arbres. Toutes ses ombres, qui recouvrent le jour l'âme du voyageur, se mirent à geler. Leur sève ne coulait plus.

Le grand froid s'emparait de tout et mon oasis, tel un amas de pierres, se nimbait de silence. Ce silence, je voulais le briser. Je priais. Hélas, les mots se perdaient et mes prières et mes larmes retombaient comme le givre sur la terre.

Je ne savais plus que faire. Dans cette gerçure profonde, je dormais très peu. La peine envahissait mes veines. Et quand la peine commença de bleuir mes lèvres, la gargoulette me dit :

– Regarde au fond de moi. Il me reste du feu. Prends-le et répands-le. Et tu verras alors le froid de ce lointain hiver s'enfuir et la douceur s'en revenir vers toi.

Je fis comme elle me dit et le froid de ce lointain hiver s'enfuit en une poudre blanche et la douceur revint vers moi.

Quand le vilain connut l'histoire, il vint chez moi, très tard, pour s'emparer de ma gargoulette. Pourtant, elle n'était pas jolie, de terre cuite, ordinaire. Mais le vilain voulut la prendre.

Il m'offrit des pièces d'or à moi qui étais pauvre. Il m'offrit un immense palais à moi qui n'avais que cette masure. Il m'offrit le ciel à moi qui n'avais qu'une poignée d'étoiles. Mais ce bien de mon père, je ne pouvais le vendre.

Hélas, le vilain refusait de m'entendre. Ses mains et ses yeux, avides, voulaient à tout prix me le prendre. Aussi, devenu fou de rage, il attrapa ma gargoulette et me l'arracha des bras. Mais au moment de l'avoir, elle tomba et se brisa. Voyant cela, le vilain, apeuré, prit la fuite. Et je restai seul.

J'avais eu de la peine, mais c'était autrefois. Aujourd'hui j'avais du chagrin. Le vilain avait vaincu ma mémoire.

Je ramassai tous les morceaux et les posai près de mon lit. Et dans la nuit bordée de larmes, je rêvai de mon père.

Quand l'aube vint, je m'étonnai de la trouver si claire, si pure. Cette aube ne pouvait être qu'une promesse. Pourtant, mon cœur était par trop meurtri.

Un à un, je pris tous les morceaux et les mis dans mes mains. Mais pas pour les jeter. Non ! pas pour les jeter. Et de toutes mes forces, je retins mon chagrin pour qu'il n'eût pas raison de moi.

Peut-être avais-je dormi encore ? Peut-être avais-je rêvé encore ?

Mais le cœur de mes mains s'était mis à battre. Et une étrange chaleur envahissait mes paumes.

Soudain, il coula du sang sur une gorge tendre. Mais nulle part je ne vis de blessure.

De cette gorge tendre, il naquit un visage.

De ce visage tendre, il naquit des paroles.

De ces paroles tendres, naquirent des mots d'amour.

Et de ces mots d'amour, parcourus de baisers, une belle que je n'attendais plus naquit pour mon plus grand bonheur. Alors, le fou vint et me dit :

– Je connais ton histoire. C'est une histoire vraie.

Et les nuits furent très douces sur les yeux de ma belle.

Et les jours furent très beaux.

Le Coussin

Dans un palais d'Orient, un roi était fort mécontent. L'écho de sa colère sauta le mur d'enceinte, traversa le pays et vint finir sa course chez un petit marchand. Ce dernier avait un coussin qui lui dit :

– Nous ne vendons plus d'épices, mais nous avons peut-être une chance de faire fortune. Allons demander au roi l'objet de son mécontentement. Je te donnerai alors le bon conseil que tu lui glisseras à l'oreille. Il en sera si heureux qu'il te demandera de rester auprès de lui. Et moi auprès de toi.

Sans attendre, ils se mirent en chemin. Et, quelques jours plus tard, le petit marchand, accompagné de son coussin, était nommé Premier ministre.

Il en fut ainsi. Chaque nuit, le coussin donnait au petit marchand le conseil adéquat. Et le lendemain matin, le petit marchand glissait le conseil dans l'oreille du roi.

Il en fut ainsi. Le roi devint le plus riche, le plus puissant des souverains.

Et le temps de conter cette histoire, la vie s'écoula douce et paisible.

Le coussin s'était lié d'amitié aux babouches du roi. Et souvent, ils allaient prendre le frais dans le jardin du palais.

Ah ! ce jardin était la plus belle chose au monde. Des allées de sable fin longeaient des parterres de roses et de jasmin. Des fontaines éclaboussaient le ciel. Un bassin d'eau claire exhalait des parfums de menthe. Le soleil et la lune s'y retrouvaient pour se baigner. Les étoiles éclairaient chaque branche, chaque pétale d'une étrange lumière qu'une rosée de perles venait au matin rallumer.

D'aucuns disaient que ce jardin était l'un des quatre coins du paradis. Et cela était grande vérité. Un vieux serpent, chassé d'ici depuis longtemps, me l'a dit.

Le coussin et les babouches étaient donc en ce jardin, quand le serpent, qui ne pouvait s'empêcher d'y revenir de temps en temps, susurra :

– Coussin, tu as mauvaise mine. Est-ce la faible lueur du soir ou les couleurs passées de ton étamine ?

– Il est vrai, reconnut le coussin, qu'auprès des gracieuses babouches, j'ai bien pâle figure.

– Sied-il à un personnage de ton rang d'avoir si piètre allure ? renchérit le serpent.

– Hélas, soupira le coussin, mille et une fois hélas, c'est que mon maître n'est pas généreux.

– Écoute-moi, persifla le reptile, pour chaque conseil que tu lui donnes, exige une pièce d'or. Ainsi, tu pourras te parer d'étoffes somptueuses et de bijoux précieux.

– Je les choisirai pour toi, dit la paire de babouches. Et tu seras si élégant que ton maître n'osera plus poser sur toi son vulgaire séant.

Le coussin médita ces paroles et s'en retourna au palais.

Comme il le faisait chaque soir, le Premier ministre retrouva son coussin. Le voyant chiffonné, il lui demanda :

– Pourquoi es-tu si triste ?

– Je suis triste parce que la cour se moque de ma mauvaise mine et des couleurs passées de mon étamine, répondit le coussin.

– Ah, voilà bien la seule occupation de la cour ! s'exclama l'ancien petit marchand. Ne sachant que faire du temps qui passe, elle se gausse et se prélasse. Ai-je le temps de rire, moi ? Non, moi, je n'ai que le temps d'être sérieux.

– Avoue quand même, dit le coussin, que pour un personnage de ton rang ma pauvre allure pourrait te porter ombrage.

– Tu as sans doute raison, admit l'ancien marchand. Voici quelques pièces d'or. Choisis de bons tissus, solides à l'usage et qui feront taire les médisances.

Puis, prenant le coussin dans ses bras, il ajouta :

– Maintenant, ne parlons plus d'argent, ce sujet me rend morose. Donne-moi donc plutôt tes conseils ingénieux que notre roi aime tant.

Les babouches et le coussin s'étaient retrouvés dans le jardin du palais. Tous deux, élégants à souhait, bavardaient.

– Autrefois, dit le coussin, la coriandre et le safran me tenaient compagnie, mon maître était gentil. Mais aujourd'hui, la fortune qu'il me doit l'a rendu avare et chaque pièce d'or qu'il me donne lui durcit le cœur.

– Mon destin ne vaut pas mieux que le tien, confia la paire de babouches. Depuis mon plus jeune âge, je suis enfermée dans cette royale demeure où je m'ennuie à mourir. J'arpente tous les jours les dalles du palais,

les tapis de velours, escortée de laquais. Tel est mon triste sort, puisque jamais le roi ne sort sur les pavés. Pourtant, continua la paire de babouches, si le roi était voleur, je serais près des dunes, maraud, maître chanteur pour dérober la lune. Je guetterais la nuit, au coin de ses dédales, qu'un passant un peu gris perde sa bonne étoile. Je chausserais la brune qui danse si jolie et qui conte fortune à ceux que l'on oublie. Je prendrais l'oasis qui frémit sous le vent et qui cache, complice, l'eau au reflet d'argent. Et de là, à tire-d'aile, emportant ces trésors, je m'en irais, rebelle, loin des coupoles d'or. Hélas, soupira la paire de babouches, mille et une fois hélas, sa majesté a rejeté ma proposition.

– Amis, susurra le serpent qui passait là, cessez de vous soucier. Moi, je connais un voleur qui détrousse les voleurs, donc voleur de son état, qui rêve d'en devenir le roi. Amis, persifla le reptile, si comme jadis vous écoutez bien ce que je vous dis, vous ne le regretterez pas.

Il en fut ainsi. Durant la nuit, le serpent, comme autrefois, donna à ses amis le conseil adéquat. Et le lendemain matin, méditant ces paroles, chacun s'en retourna chez soi.

Il en fut ainsi. Le serpent se glissa hors du jardin. Et le temps de conter cette histoire, il changea le destin.

Comme il le faisait chaque soir, le Premier ministre retrouva son coussin et lui dit :

– Les bons conseils que je prodigue chaque matin ont fait de notre roi le plus riche, le plus puissant des souverains et, pour saluer ma grande sagesse, il organise une fête en mon honneur. Bien entendu, ajouta le Premier ministre, tu es invité.

– J'en suis heureux, répondit le coussin. Mais il me faudra, pour la circonstance, une tenue digne de toi. Façon brocart et draps de soie.

– Que dis-tu là ? pesta l'ancien petit marchand. Ce serait une dépense inutile et je réserve à mes pièces d'or un tout autre dessein.

Néanmoins, le coussin insista. Cela mit le Premier ministre dans tous ses états. Ce dernier, voyant son argent couler à flots et perdu pour toujours, vola dans les plumes de l'ami qui avait fait sa fortune et jura que jamais plus, jamais plus il ne ferait appel à lui. Dès lors, il abandonna le coussin et ses sages conseils au pied de son lit, comme l'ignorant délaisse les rêves qui portent les nouvelles.

Il advint que le roi envoya le Premier ministre en mission de l'autre côté de son royaume. Mais un soir, une question sans réponse l'empêcha de dormir. Le sentant très inquiet, la paire de babouches lui dit :

– Pourquoi ne pas demander au coussin de vous aider ?

– Hélas, soupira le roi, mille et une fois hélas, comment le pourrait-il ?

– Sire, assura le serpent qui s'était glissé jusqu'ici, ce coussin saura soustraire ce souci de votre esprit. Ce coussin est très savant et, sire, ajouta le serpent, maintenant il faut que vous sachiez.

Alors, le reptile raconta comment chaque nuit le coussin glissait dans l'oreille de l'ancien petit marchand le conseil adéquat et comment chaque matin ce dernier, devenu le premier des ministres, ne faisait que rapporter le conseil entendu la veille.

La paire de babouches confirma ces dires et le souverain, tombant des nues, fit venir auprès de lui le coussin. Interrogé longuement, il trouva avec talent la réponse à la question que le roi se posait et trouva même les réponses aux questions que le roi ne se posait pas.

Le souverain, émerveillé par tout ce savoir, remercia vivement le coussin et, comme un bonheur ne vient jamais seul, il trouva aussi le sommeil.

Le Premier ministre revint bientôt de mission.

Le roi lui accorda audience et fit comme si de rien n'était. Mais le visage défait de son conseiller laissa penser qu'il avait échoué. En effet, celui-ci rapporta sa mésaventure.

– Sire, un mauvais quartier de la lune s'est joué de moi. Plongeant l'autre côté du royaume dans les ténèbres, il m'a empêché de suivre le bon chemin. Et pour mieux me perdre, il m'a étourdi en me faisant boire du lait de brume.

– Quelle infortune ! s'exclama le roi. Ainsi, je ne peux plus compter sur toi.

– Oh, sire, ne croyez pas cela ! Il semble qu'à présent, là-bas, le jour commence à se lever et si je me dépêche je pourrai y retourner.

– Hélas, soupira le roi, mille et une fois hélas, je crains que ce quartier de lune ne veuille de nouveau se jouer de toi comme tu l'as fait de moi.

Et sans laisser au Premier ministre le temps de comprendre, le roi dévoila ce qu'il avait découvert pendant son absence.

L'ancien petit marchand, abasourdi, n'en crut pas ses oreilles. Il tenta bien de se défendre. En vain. Le roi ne voulut plus l'entendre et le renvoya dans son échoppe.

Si la chance ne s'attarde pas chez les sots, l'amour et la bonté ne logent pas sous le toit de l'avarice. Ces vérités, nul ne les ignorait. Aussi, quand la cour qui se prélassait au soleil apprit la nouvelle, elle se moqua bien du petit marchand. Le roi, quant à lui, ne tarissait pas d'éloges. Son coussin faisait merveille. Chaque jour un conseil judicieux, chaque nuit un rêve joyeux. Enfin, tout le monde était content, le serpent sifflotait et le prestige de la couronne allait grandissant.

Le souverain reconnaissant couvrait son moelleux conseiller d'or et d'argent et se félicitait de la sincère amitié qui le liait à ses babouches.

Mais ce coussin fit se lever les envieux et devint l'objet de toutes les convoitises. Alors, craignant de le perdre à jamais, le roi lui ordonna, comme il l'avait fait autrefois à son enfantine paire de babouches, de ne point franchir l'enceinte du palais.

Auprès de ses amis, le serpent avait recouvré son droit de cité dans le jardin. Dans la fraîcheur du soir, il goûtait à nouveau aux plaisirs de sa jeunesse. Une nuit, se prélassant sous les étoiles, il leur dit :

– Vous voilà bien ensemble maintenant.

– Il est vrai, reconnut le coussin, qu'avec les babouches nous ne nous quittons plus.

– Nous ne nous quittons plus, reprirent les babouches, mais avoue, coussin, que nous nous ennuyons chaque jour davantage.

– Certes, dit le serpent, depuis l'ordonnance royale, plus de virées aux champs, plus de bon temps.

– Ah ! soupira la paire de babouches, parfois je pense à ce voleur qui rêve d'en devenir le roi et à notre roi qui ne veut pas devenir voleur. Serpent, le monde est mal fait !

Ce dernier, piqué au vif, rétorqua :

– Ce voleur justement m'a demandé de vos nouvelles. Je pourrai, si vous le souhaitez, vous le présenter.

– Quelle bonne idée ! lança le coussin. Invitez-le donc à dîner.

Aussitôt dit, aussitôt fait. Et le voleur, dans cette histoire, fit son entrée.

Le dîner fut très agréable. Entre loukoums et cornes de gazelle, chacun parla de sa vie et de ses rêves. Le voleur n'avait pas son pareil pour conter ses exploits. Son audace lui valut l'admiration de tous et, au moment de se séparer, l'assemblée jura de se revoir.

Assis sur le mur d'enceinte du palais, les babouches, le coussin et le serpent le virent s'éloigner dans la nuit silencieuse. Sous le ciel piqueté d'argent le royaume s'était assoupi. C'est alors que, de retour au jardin, la paire de babouches annonça :

– Amis, je pars. Ici je m'ennuie à mourir. Je m'en vais de ce pas rejoindre le voleur sous la lune et le mènerai tout autour du monde.

– Belles babouches, s'exclama le coussin, je pars aussi et lui glisserai à l'oreille l'heure des chemins de ronde.

– Moi je reste, dit le serpent. Aujourd'hui je suis trop vieux et ce jardin, ce petit coin de paradis m'a manqué si longtemps. Et puis, mes écailles sont usées et je vais lentement.

Il ajouta :

– Allez, mes amis, allez ! La vie est moins longue que moi et ne doit pas être triste. Mais partez vite, le soleil et le roi sont sur le point de se lever.

Sans attendre, les babouches et le coussin se mirent en chemin. Et quelques jours plus tard, avec le roi des voleurs, ils commettaient leur premier larcin.

La disparition du coussin et des babouches frappa de stupeur le pays tout entier. Le serpent pour une fois se garda bien de dire quoi que ce soit. Un soir néanmoins, alors qu'il tenait compagnie au roi, le vieux reptile susurra :

– Sire, savez-vous ce que je sais ?

– Hélas, soupira le roi, mille et une fois hélas, depuis leur départ, je ne sais plus rien qui vaille.

– Certains racontent que nos anciens amis seraient près des dunes, marauds, maîtres chanteurs pour dérober la lune. Qu'ils guetteraient la nuit, au coin de ses dédales, qu'un passant un peu gris perde sa bonne étoile. Qu'ils chausseraient la brune qui danse si jolie et qui conte fortune à ceux que l'on oublie. Qu'ils prendraient l'oasis qui frémit sous le vent et qui cache, complice, l'eau au reflet d'argent. Et de là, à tire-d'aile, emportant leurs trésors, ils s'en iraient, rebelles, loin des coupoles d'or.

Le souverain n'en crut pas ses oreilles.

– Que dis-tu là ?! s'exclama-t-il. Que ces ingrats se moquent de moi et qu'ils ne font honneur qu'à ce voleur qui a pris mon titre de roi. Ah ! serpent, crois-moi, je ne laisserai pas faire cela.

Fou de rage, il lança ses cavaliers à leur poursuite. Les voleurs, détroussés chaque nuit, les recherchèrent aussi.

Mais il en fut ainsi. Dans le palais d'Orient, le roi était fort mécontent. L'écho de ses colères sauta le mur d'enceinte, fit trembler le royaume et le pauvre marchand.

Il en fut ainsi. Au loin, là-bas, le coussin, les babouches, le voleur et la brune ne les entendaient pas. Et nul, jamais, ne les retrouva.

Le Bal de Houppelune

Dans le pays de Houppelune vivait une reine.

Elle était très jolie, mais elle était malheureuse, parce que dans le pays de Houppelune, si l'hiver s'étirait de longs mois, l'été ne fleurissait que quelques jours.

À cette occasion, la reine organisait un bal réputé des contrées alentour.

Aussi était-il de bon ton d'y venir faire un tour. La foule des élégants et les gens de la cour s'y amusaient beaucoup. Les gavottes, les polkas, les soupers de griottes et de babas, les rondes, les mazurkas… Il y en avait pour tous les goûts.

Seulement voilà ! à peine quelques pas de danse et déjà il fallait repartir. L'hiver qui n'aimait pas attendre tambourinait aux portes. Le palais se vidait et se couvrait de neige. La reine alors sombrait dans l'ennui et seul son petit loir se réjouissait de ce profond sommeil.

Cette année-là, il sembla à la reine que l'été fut encore plus bref que de coutume. Très vite, la brume avait terni les coupoles et les toits, masquant leurs reflets d'or et d'argent. La bise, froide et rugueuse, courait les rivières et les champs.

Emmitouflée dans sa cape de martre et se languissant des rayons du soleil, la reine convoqua ses ministres et leur dit :

– Messieurs, l'hiver qui nous cerne engourdit le royaume. Mes sujets ont de la peine. L'été est bien court et il s'en va trop tôt. Aussi je vous demande d'inverser les saisons pour qu'au pays de Houppelune l'été refleurisse de longs mois et l'hiver ne frissonne que quelques jours.

À ces mots, les ministres qui somnolaient un peu se réveillèrent d'un coup. Le petit loir aussi.

– Hélas, ma bonne reine, répondit l'un d'eux, ce que vous demandez là est impossible !

– Impossible ! reprit le petit loir.

Alors, voyant que ses ministres ne pouvaient rien, la reine ordonna que l'on fasse venir en son royaume le plus grand des savants.

Le savant fut accueilli au palais. Sans perdre une minute il se mit à l'étude.

La reine, très curieuse, vint souvent s'enquérir des travaux du maître. Elle voyait sur sa table toutes sortes d'instruments de calcul. Des règles, des bouliers. Sur son grand tableau noir, les chiffres dessinés semblaient trotter comme des clés. Et chose étrange, dans sa grande lunette, il pouvait compter les nuages.

Devant tout ce savoir, la reine ne douta pas un instant. Le savant réaliserait son cher désir.

Ce dernier œuvra sans relâche. Jour et nuit. Puis un matin, la neige commença de fondre. Clapotant sur le sol, elle ruissela dans les rigoles claires jusqu'au bord de la mer.

L'été revenait ! Aussitôt, on porta cet écho à la reine.

Dans les vergers et les champs, la rumeur ne fit qu'un tour. Les pierres se tapissaient de fleurs, le lierre se faufilait partout. Les jardiniers s'empressaient de cueillir les fruits et de les porter en corbeilles pleines aux pâtissiers. Dans les cuisines, les pots se coloriaient et les pendules sonnaient. Le temps était venu de goûter aux sorbets et aux tartes sucrées.

Enfin, quand la lune se leva dans la nuit étoilée, la reine ouvrit le bal et se mit à danser. La foule des élégants et les gens de la cour s'amusèrent beaucoup. Mais chacun voulait voir l'été qui ne finirait pas. Entre menuets et pastourelles, ils regardaient le ciel, et le savant, aux aguets, leur donnait des nouvelles :

– Pas d'averse, pas de tempête ! leur disait celui-ci. Seulement le doux chant de l'alouette.

En entendant cela, la cour se remit à festoyer et la reine, consultant son calendrier, vit que l'hiver aurait déjà dû être là. Et ce, depuis la veille.

Alors elle réunit ses ministres et ses gens. Tout le monde en convint. Le savant avait réussi.

La reine fit battre tambour, envoya des messagers dans les royaumes alentour. Désormais pour le bal de Houppelune, l'été fleurirait de longs mois et l'hiver ne frissonnerait que quelques jours. Puis elle félicita le maître et lui donna force belles lettres et grosses médailles.

Mais la joie fut de bien courte durée. L'hiver qui n'aimait pas attendre s'en revint au pays. Il frappa aux portes, pesta qu'on le mît en retard. Redoublant de violence, la brume ternit les coupoles et les toits, masquant leurs reflets d'or et d'argent. La neige, aiguillonnée de givre, fouetta les rivières et les champs.

Soudain, le palais se vida. Il sombra dans l'ennui et seul le petit loir se réjouit de ce profond sommeil.

Trônant près de sa cheminée, la reine, fort déçue, s'emmitoufla dans sa cape de martre. Se languissant des rayons du soleil, elle convoqua le savant et lui dit :

– Maître, ne vous avais-je pas demandé d'éloigner pour longtemps l'hiver de mon royaume ?

– Hélas, ma bonne reine, répondit-il, ce que vous demandez là est impossible !

– Impossible ! reprit le petit loir.

Alors, voyant que le savant ne pouvait rien, la reine ordonna son départ aux lueurs du matin.

Dans le palais désert et silencieux, la reine vivait tristement. Son cœur, vaincu par les poudreries de l'hiver, se repliait lentement.

Le loir, témoin de ce chagrin, voulut l'apaiser. Il lui porta bols de chocolat chaud et noisettes grillées. Veloutés de pistaches et raisins parfumés. En vain. Rien ne pouvait la consoler. Elle grelottait tout le jour et tout le jour grelottait avec elle.

Alors qu'elle ne trouvait pas le sommeil, la reine monta dans la plus haute de ses tours. Le savant avait oublié là son étrange lunette. Intriguée, elle y posa son regard. Ah ! la nuit, éclairée d'une chandelle, était plus belle qu'une robe de moire. Il y avait des étoiles de-ci, des étoiles de-là. Et sur un filin de cristal, allant de la lune au soleil, un joli funambule marchait à petits pas. Soudain, il se mit à glisser et à tourbillonner, comme une toupie de lumière. Tout le ciel l'acclamait. La reine, émerveillée, l'applaudissait.

Durant ses longues veillées, elle vint souvent le voir et décida un soir de le convier pour le bal de l'été. Elle brimbala un de ses ministres et le pria d'amener sans attendre le funambule au pays.

Le funambule se présenta au palais. À la même heure que le soleil. Aussitôt, on porta cet écho à la reine.

Dans les vergers et les champs, la rumeur ne fit qu'un tour. Les pierres se tapissaient de fleurs, le lierre se faufilait partout. Dans les cuisines, les plats se coloriaient et les pendules sonnaient. Le temps était venu de goûter aux galets d'amande et aux beignets de miel.

Enfin, quand la lune se leva dans la nuit étoilée, la reine ouvrit le bal et, sur son filin de cristal, le funambule se mit à danser. Dans son habit de lumière, il allait et venait. Faisait des sauts et des pirouettes, semblant une comète qui marche sur nos têtes.

La foule des élégants et les gens de la cour n'avaient jamais rien vu de pareil. Ah ! une telle merveille ne pouvait s'admirer qu'au bal de Houppelune.

Cette année, l'été fut très enjoué. La reine paraissait oublier les rigueurs de la morte saison et, se laissant bercer par la douce musique, elle accorda au funambule un petit tourbillon. Elle le trouva léger, comme la plume de son bel oreiller. Et lui la trouva plus jolie qu'un cornet de dragées.

Alors, la lune blonde qui les regardait les enveloppa d'une ronde que tout le ciel fredonnait.

Le temps filait, comme le lin de la quenouille. Et dame ! que ce temps était bon ! Mais la reine, consultant son calendrier, sentit que l'hiver allait revenir et soudain elle pâlit. Voyant cela, le funambule lui demanda :

– Quelle est votre peine ?

– Bientôt mon palais sera froid et désert, répondit la reine. Mes gens ne danseront plus. La neige fera sortir le loup du bois et seul mon petit loir se réjouira de ce profond sommeil. Je souffre déjà, pourtant je n'ai qu'un simple désir.

– Quel est-il ?

– Je désire qu'au pays de Houppelune l'été refleurisse de longs mois et l'hiver ne frissonne que quelques jours.

– Hélas, belle reine, dit le funambule, ce que vous demandez là est impossible !

– Impossible ! dit également le petit Loir.

– A-t-on jamais vu s'arrêter la course du soleil et le galop de l'hiver ? reprit le funambule. De leurs querelles anciennes, ils sont fâchés pour toujours.

– Mais alors, comment faire ? s'inquiéta la reine.

– Je vais demander au soleil, mon ami, de prolonger un temps les douces nuits de l'été.

– Ah ! si vous le faisiez, je vous embrasserais.

Dans la joie de voir se prolonger encore la saison des libellules d'or, le funambule rendit son baiser à la reine et, dans son habit de lumière, il glissa comme une voile sur son filin de cristal.

Puis, de baiser en baiser, la reine trouva le funambule tendre comme les plumes de son bel oreiller. Et lui trouva la reine plus douce encore qu'un cornet de dragées.

Mais la joie fut de bien courte durée. L'hiver qui n'aimait pas attendre s'en revint au pays. Il frappa aux portes, pesta qu'on le mît en retard. Redoublant de violence, le vent aiguillonné de givre fouetta les rivières et les champs. Le palais se vida et sombra dans l'ennui.

Trônant près de sa cheminée, la reine s'emmitoufla dans sa cape de martre et convoqua le funambule. Elle le fit asseoir près d'elle et lui dit :

– Mon bon ami, l'hiver est revenu. Comme vous aviez raison ! A-t-on jamais vu s'arrêter la course du soleil et le galop de la morte saison ? De leurs querelles anciennes, ils sont fâchés pour toujours. Je dois bien me résoudre. Mais ce qui me peine aujourd'hui, c'est de savoir votre départ. Hélas, au lever du jour, vous quitterez la cour. Maintenant, je n'ai qu'un seul désir.

– Quel est-il ? demanda le funambule.

– Pouvez-vous me promettre que, au premier chant de l'alouette, vous serez de retour ?

– Belle reine, je vous le promets. Toutefois, avant de partir, je souhaiterais vous offrir une balade jolie.

La reine accepta et, sur le filin de cristal, ils allèrent à petits pas. Ah ! le royaume, éclairé d'une chandelle, était plus beau qu'un habit de moire. La neige avait masqué les coupoles et les toits, faisant comme un tapis de nacre. Dans le ciel, il y avait des étoiles de-ci, des étoiles de-là. Enfin, le funambule dit à la reine :

– Ce qui me peine aujourd'hui, c'est de savoir mon départ. Hélas, au lever du jour, j'aurai quitté la cour. À cela, je ne peux me résoudre, car le cœur qui me mène chavire tant il vous aime. Mais a-t-on jamais vu un petit funambule épouser une reine ?

– On ne l'a jamais vu, répondit-elle. Mais puisque mon cœur vous aime tout autant et puisque vous m'offrez votre main, moi je vous donne la mienne.

Alors, la lune blonde qui les regardait les enveloppa d'un frisson de bonheur que tout le ciel souffletait.

De retour au palais, la reine convoqua ses ministres et leur dit :

– Messieurs, l'hiver qui nous cerne engourdit le royaume. Malgré cela, faites battre tambour, et lancer messagers afin que toutes mes bonnes gens sachent que je vais me marier.

À ces mots, les ministres qui somnolaient un peu se réveillèrent d'un coup. Le petit loir aussi.

– Oui-da ma bonne reine ! répondit l'un d'eux. Ce que vous demandez là est chose possible !

– Oui, oui ! reprit le petit loir, c'est chose possible !

Alors, voyant que ses sujets avaient le cœur à la fête, la reine revint près de sa cheminée. Là, elle partagea avec le funambule son plus bel oreiller. Et le funambule arrêta d'une dragée l'aiguille de la pendule.

Cette année-là, il sembla à la reine que l'hiver fut plus long que de coutume. Mais dame ! il était de saison.

Puis un matin, la neige commença de fondre. Clapotant sur le sol, elle ruissela dans les rigoles claires jusqu'au bord de la mer. L'été revenait. Aussitôt, on porta cet écho à la reine.

Dans les vergers et les champs, la rumeur ne fit qu'un tour. Les pierres se tapissaient de fleurs, le lierre se faufilait partout.

Les jardiniers s'empressaient de cueillir les fruits et de les porter en corbeilles pleines aux pâtissiers. Dans les cuisines, les plats se coloriaient et les pendules sonnaient. Dans les boutiques, les libellules brodaient car la reine se mariait.

À cette occasion, le petit loir organisa un bal réputé des contrées alentour où il y avait du soleil et des beignets de miel. Où il y avait des gavottes et des polkas, des soupers de griottes et des babas, des rondes, des mazurkas. La foule des élégants et les gens de la cour s'amusèrent beaucoup.

Enfin, quand la nuit se posa sur les coupoles et les toits aux reflets argentés, le joli funambule, sur son filin de cristal, emporta sa reine bien-aimée à travers les étoiles.

Alors, la lune blonde qui les regardait les enveloppa d'une infinie douceur qu'elle avait dans le fond de son cœur.

Les Seize Larmes

Lorsque le roi mourut, la princesse, sa fille, monta sur le trône. Le pays, devant elle, se prosterna et on la couronna.

Si la princesse était la gardienne de ses sujets, elle était aussi celle des quatre saisons. Aussi, durant quatre jours, il y eut une grande fête. Elle fut bien jolie et les dames bien mises. Sous leurs étoles de loutre apparaissaient des robes de voile fin, leurs doigts légers s'ornaient de bagues et de gants brodés. Mais, des gentes dames, la princesse était la plus belle. Avec son visage doux et clair, sa bouche peinte et ses cheveux relevés, tout le royaume n'avait d'yeux que pour elle.

À l'heure dite où s'estompent les bruits, la nuit apparut dans le ciel. Paré d'étoiles cristallines et nacrées, ce drap d'un bleu profond resplendissait. L'une d'elles, pourtant, était plus fabuleuse encore. La foule, émerveillée, s'arrêta de danser et ne vit qu'elle jusqu'à l'aube. La nuit fut longue et la princesse, oubliée de ses sujets, pleura.

La fête dura quatre jours et, tout au long des quatre nuits, la princesse versa seize larmes amères.

Pour prix de ma fidélité à feu le roi, son père, la princesse me garda pour chambellan. Elle me confia maintes affaires. Annoter chaque jour les couleurs du temps, emplir les jarres de blé et de vin, dessiner ses bouquets de lavande et retenir, longtemps encore, le bel d'été. D'aucuns disaient alors que le royaume était heureux.

La princesse parlait peu. Je recevais ses ordres, transcrits de sa main, et ils ne souffraient jamais d'attendre le lendemain. Pour autant, moi qui l'avais vue pleurer, je percevais l'ombre de sa peine s'étendre comme l'hiver sur ses cils dorés. Un matin, la princesse m'appela et me dit :

– Je désire un collier qu'aucune dame de mon royaume n'a jamais possédé.

– Princesse, si tel est votre désir, je vais mander aujourd'hui le ciseleur de pierres. Qu'il commence l'ouvrage et qu'il ne dorme point afin que vous puissiez le porter à l'aurore !

La princesse ajouta :

– Ne mandez pas le ciseleur de pierres. Je veux un collier fait d'une tout autre matière. Je veux un collier incrusté de larmes que vous prendrez à l'étoile qui luit. Partez maintenant, et lorsque l'écrin que voici contiendra ses quatre premiers sanglots, vous pourrez revenir.

Je m'en allai sans attendre le lendemain.

Je dus m'éloigner du soleil pour trouver le chemin, longer la haute dune, atteindre les deux lunes où vivent les lutins. Je dus attendre enfin que le bleu profond de la nuit se lève et je me glissai en elle. Elle était douce, mais froide et silencieuse. Il flottait sur elle, tel un voile de mousseline, des myriades d'étoiles. Sans peine, je trouvai celle que la foule avait admirée. Son éclat était tel qu'il pénétra mon âme. Comme elle était sereine !

M'approchant d'elle, je vis son cœur, source de sa lumière. Ainsi, elle ne veillait jamais. Elle ne dormait jamais. Peu lui importait donc la course du soleil. Dès lors, je sus que la princesse ne lui pardonnerait pas d'être toujours la plus belle. Je m'approchai plus encore.

Néanmoins, je ne savais comment faire. Devais-je, pour lui prendre ses larmes, lui faire de la peine ? Et pourquoi lui faire de la peine ? Pour elle je n'avais pas de haine. Mais me souvenant de l'ordre de la princesse, je mis mes mains dans le fond de son cœur. L'étoile gémit et versa quelques larmes. J'en pris quatre, les posai dans l'écrin et, sans attendre, je me mis en chemin.

Quand je vis les premiers labours, du monde j'avais fait le tour.

La princesse m'attendait. Je lui donnai l'écrin. Elle trouva les larmes d'une beauté prodigieuse et me dit :

– Les songes racontent que le royaume de l'étoile est immense.

– Les songes ne mentent point, princesse. Il est vrai que son royaume est sans fin. Mais il n'est que d'une seule couleur et personne n'y chante.

La princesse qui m'écoutait ferma les yeux puis s'en retourna chez elle.

Un peu de temps était passé. Le royaume, gorgé de moissons, dorait encore dans la fin de l'été. Les demoiselles alanguies au soleil filaient le long des jours et brodaient tarentelles.

La princesse sortait peu. Quand, parfois, ses sujets l'apercevaient, ils ne cessaient de dire : « Que son

visage est doux et clair ! Voyez sa bouche peinte et ses cheveux relevés. »

Un matin, elle m'appela et me dit :

– Quatre larmes ne peuvent suffire à faire le collier que je désire. Partez maintenant, et lorsque l'écrin que je vous donne contiendra quatre autres sanglots, vous pourrez revenir.

Je dus m'en aller sans attendre le lendemain. Mais au moment de partir, la princesse ordonna encore :

– Prenez l'été. Emportez-le au loin, car c'est dans ses nuits claires que l'étoile brille plus encore.

À ces mots, je demandai :

– Comment vivrons-nous, princesse, sans le murmure des champs de blé ?

La princesse ne me répondit pas et chez elle s'en retourna.

Je me mis en chemin, emportant dans mes bras l'été qui finissait. M'éloignant du soleil, je longeai la dune pour atteindre les lunes gardées par les lutins. Près d'eux, je déposai le grain, l'abeille et la branche de thym. J'attendis enfin que le bleu profond de la nuit se lève et je me glissai en elle. Elle était douce, mais froide et silencieuse. Enfin, je retrouvai l'étoile. Comme la première fois, son éclat pénétra mon âme. M'approchant d'elle, je vis son cœur. À peine l'avais-je effleuré qu'elle ressentit une douleur. Elle versa quelques larmes. J'en pris quatre, les posai dans l'écrin. Puis mon regard rencontra le sien et elle me demanda :

– Que cherches-tu dans mon cœur ?

– Je ne veux que quelques larmes pour répondre au désir de ma princesse.

– Mais que trouve-t-elle à mes larmes ?

– Elle y trouve ce qui apaise sa peine.

– Ta princesse est étrange, dit l'étoile. Faut-il, pour son bonheur, qu'elle me déchire ainsi ?

Je ne savais que répondre et l'étoile murmura :

– Dis à ta princesse que ma lueur s'égrène comme le temps qui longe sa vie. Lui diras-tu cela ?

Je promis de le lui dire.

Quand je vis les premières brumes, du monde j'avais fait le tour. La princesse m'attendait. Je lui donnai l'écrin. Elle trouva les larmes d'une prodigieuse beauté et me dit :

– Les songes racontent que l'étoile ne brille dans la nuit que pour s'éteindre au matin.

– Les songes ne mentent pas, princesse. Il est vrai que sa clarté ne rayonne qu'aux heures obscures alors que votre règne demeure du matin jusqu'au soir et du soir au matin.

Mais la princesse qui m'écoutait soudain ferma les yeux et s'en retourna chez elle.

La vie s'écoulait. Le royaume, bordé de vagues, s'étirait dans les brumes d'automne. Les demoiselles, vêtues de houppelandes, filaient tendrement sous le pourpre des arbres.

La princesse ne sortait presque plus. Quand, rarement, ses sujets l'apercevaient, ils ne cessaient de dire : « D'où vient cette ombre qui voile son regard ? »

Un matin, elle m'appela et me dit :

– Huit larmes ne peuvent suffire à faire le collier que je désire. Partez encore, et quand l'écrin que je vous donne contiendra quatre autres sanglots, vous pourrez revenir.

Son ordre fut transcrit de sa main et je dus m'en aller sans attendre le lendemain. Mais au moment de partir, la princesse m'ordonna :

– Prenez les enfants. Menez-les au loin car ils font chaque jour une couleur nouvelle pour l'étoile qui brille.

À ces mots je demandai :

– Comment vivrons-nous, princesse, sans les enfants, sans leurs éclats de rire ?

Mais la princesse ne me répondit pas et s'en retourna chez elle.

Je me mis en chemin, emportant dans mes bras les enfants, leurs dessins. M'éloignant du soleil, je longeai la dune pour atteindre les lunes que gardent les lutins. Près d'eux, je laissai les enfants, les crayons, les fusains. J'attendis enfin que le bleu profond de la nuit se lève et je me glissai en elle. Elle était douce, mais froide et silencieuse. Enfin, je retrouvai l'étoile. Nos regards se croisèrent. Elle était effrayée et, dans son cœur ouvert, une plaie gorgée de sang y avait fait sa place. Quatre de ses larmes tombèrent dans l'écrin et l'étoile, souffrante, me dit :

– Ne vois-tu pas mon chagrin ? Ne vois-tu pas que sa jalousie et sa haine auront bientôt raison de moi ?

– Oh ! je le vois bien. Mais moi, je ne vous veux pas de mal.

– Tu ne me veux pas de mal et pourtant tu le fais.

Je ne savais que répondre. Enfin, l'étoile murmura :

– Dis à ta princesse que la douleur qu'elle m'inflige m'éteint peu à peu et que je vais mourir. Lui diras-tu cela ?

Je promis de le lui dire.

Quand je perçus les premiers silences, du monde j'avais fait le tour. La princesse m'attendait. Elle trouva dans l'écrin les larmes d'une prodigieuse beauté et me dit :

– Les songes racontent que l'étoile souffre au plus profond de son âme et qu'elle est sur le point de mourir.

– Les songes ne mentent pas, princesse. Il est vrai que sa douleur est grande. Mais aussi, comment vivre quand le cœur est meurtri ?

À ces mots, elle ferma les yeux et s'en retourna chez elle. La nuit venait de tomber.

Il s'écoula quelques jours. La princesse qui ne sortait plus me fit venir. Comme elle avait changé ! La lumière qui nimbait autrefois son visage s'étiolait désormais sur le bord de ses lèvres. Délaissant ses onguents, elle ne les peignait plus et ses bouquets, autrefois si jolis, s'étaient flétris. D'une voix altérée, elle me dit :

– Douze larmes ne peuvent suffire à faire le collier que je désire. Partez encore et quand l'écrin que je vous donne contiendra quatre autres sanglots, vous pourrez revenir.

Je dus m'en aller sans attendre le lendemain. Mais au moment de partir, elle m'ordonna :

– Emmenez avec vous les demoiselles car elles confient la nuit ce qu'elles ont de tendresse à l'étoile qui brille.

À ces mots, je demandai :

– Comment vivrons-nous sans elles, qui filent le lin et la laine ? Sans leurs draps brodés où viennent s'abriter nos amours ?

Mais la princesse ne me répondit pas et s'en retourna chez elle.

Je me mis en chemin et j'atteignis les lunes où vivent les lutins. Près d'eux, j'abandonnai les demoiselles en leur priant de faire pour moi un fermoir doré, bordé de seize branches. Elles se mirent à l'ouvrage. Puis j'attendis que le bleu profond de la nuit se lève et je me glissai en elle. Elle était douce, mais froide et silencieuse. Enfin, je retrouvai l'étoile. Quand elle me vit, elle se mit à trembler et murmura, haletante :

– Te voilà revenu. Cette fois pour me tuer car je n'ai plus de larmes. Je n'ai plus que mon sang.

– Étoile, ne croyez pas cela. Je ne viens pas vous tuer.

– Pourquoi es-tu venu alors ?

– Je suis venu pour vous sauver.

– Tu es venu pour me sauver ? Il faudrait pour cela me rendre toutes les larmes que tu m'as prises. Et comment feras-tu ?

– Je ne le sais pas encore, mais je vous sauverai.

Laissant l'étoile, je retournai près des dunes. Je priai alors les demoiselles de confectionner quatre sanglots du plus bel éclat qui soit et, tenant le fermoir doré bordé de seize branches, j'attendis plusieurs jours. J'attendis plusieurs soirs. Quand l'ouvrage fut réalisé, j'ordonnai aux lutins de souffler sur la dune pour que le vent de sable voile de tous ses grains la nuit parée d'étoiles.

Quand le royaume fut noyé dans la pénombre, je me mis en chemin. La princesse m'attendait. Je lui remis l'écrin contenant l'anneau d'or et les larmes. Elle trouva cette parure d'une prodigieuse beauté et me dit :

– Mes songes racontent que l'étoile ne brillera plus jamais.

– Oh ! princesse, vos songes disent la vérité. L'étoile s'est éteinte dans mes bras.

À ces mots, elle ferma les yeux et à pas lents regagna sa chambre.

La nuit qui vint n'apporta pas de rêve. J'attendais. Non pas que le soleil se lève. Non, j'attendais, seul et sans bruit, dans le royaume battu par le vent. J'attendais seulement une plainte, un soupir. Mais, de la chambre de la princesse, aucun bruit ne parvenait. Je n'entendais que des sanglots ; les sanglots des mères qui avaient perdu leurs enfants. Que leur peine était grande !

Il se passa bien des heures avant que naisse le matin. Des heures durant lesquelles je pensai au fermoir doré, bordé de seize branches. Seize branches si fines, aussi fines qu'une lame qui coupe sans regret.

Quand passèrent ces heures, la lumière pâle de l'aube vint peu à peu, baignant de taches claires la salle où j'attendais. Et toujours pas de plainte, toujours pas de murmure. Que la pâle lumière se déversant jusqu'au seuil de la chambre. C'est alors que je vis un mince filet de sang s'étirant lentement, lentement.

Je courus, frappai quelques coups. Je n'eus pas de

réponse. Alors, je poussai la porte et dans la pièce parsemée de pétales, j'aperçus la princesse, étendue sur le sol.

Le fermoir doré, bordé de seize branches, seize branches aussi fines qu'une lame, avait blessé à mort la princesse tyrannique. Les larmes de l'étoile jonchaient le tapis et luisaient dans la pénombre. Une à une je les pris et les cachai dans l'écrin.

Il faisait froid et le pays était sans vie. Je fis mander le tailleur de pierres pour qu'il fasse tout le jour le tombeau de celle qui venait de mourir et qu'il ne dorme point afin que je puisse, dès le lendemain, l'emporter très très loin. Puis je me mis en chemin, traînant la sépulture. Enfin, j'atteignis les lunes où se cachent les lutins. Près d'eux je laissai le tombeau et les priai de souffler sur la dune pour que le vent de sable l'enfouisse pour toujours. Sans attendre, je retrouvai l'étoile. Quand elle me vit portant l'écrin, elle murmura, tremblante :

– Te voilà revenu. Cette fois pour me sauver ?

– Croyez-le bien, dis-je à l'étoile. Voici vos larmes.

Une à une, je les déposai dans son cœur, source de lumière. Et l'étoile, si belle, se remit à scintiller d'un tel éclat qu'il pénétra mon âme. Elle me dit alors :

– Tu as tenu ta promesse. Sache que je ne l'oublierai pas. Quel que soit ton chemin, je veillerai sur toi.

Alors une nouvelle nuit apparut, saupoudrée de

nacre. À travers elle, je repris le chemin qui mène aux deux lunes. Là, les enfants m'attendaient, impatients comme l'été. Les demoiselles aussi. Cela faisait si longtemps. Le retour au royaume fut gai. Quand nous vîmes les premiers labours, du monde nous avions fait le tour. La foule nous attendait, éperdue de bonheur. Cela faisait si longtemps !

Quand les quatre saisons passèrent, la foule tourna son regard vers le ciel. Les deux lunes étaient là et l'étoile, d'une beauté prodigieuse, s'éleva auprès d'elles. Aussi, durant quatre jours, il y eut une grande fête. Elle fut bien jolie et les dames bien mises. Sous leurs étoles de loutre apparaissaient des robes de voile fin et leurs doigts légers s'ornaient de bagues ou de gants brodés.

J'avais mené au loin la dépouille de la princesse tyrannique. Aussi, m'accordant leur confiance, les sujets me confièrent maintes affaires. Annoter chaque jour les couleurs du temps, emplir les jarres de vin et de blé, border les chemins de lavande, retenir, longtemps encore, le bel été.

D'aucuns dirent alors que le royaume était heureux.

Petite Perle

Sur les rives d'une terre lointaine, un pêcheur s'était marié. Il avait pris pour épouse une fille si jolie que nul ne se lassait de la regarder.

Pour preuve de son amour et de sa fidélité, il lui avait offert deux perles, pendants d'oreilles, qu'il avait cueillies dans le fond de la mer. C'est pourquoi il surnomma sa bien-aimée Petite Perle.

Un roi tyrannique et jaloux vint à passer. Il vit Petite Perle. Comme tout un chacun, il ne cessa de la contempler. Et bientôt il voulut, lui aussi, l'épouser.

Épouser Petite Perle, il ne fallait pas y penser ! C'est le discours que le sage s'empressa de tenir au roi. Mais celui-ci ne voulut rien entendre et n'en fit qu'à sa tête. Il appela le pêcheur et lui dit :

– Je mets en toi toute ma confiance et te charge de trouver le trésor oublié par un pirate il y a fort longtemps. Durant ton absence, je veillerai à ce que rien ne manque à ton épouse. Surtout, n'en souffle mot à personne, et maintenant, pars sans attendre.

– Sire, répondit le pêcheur, cette mission est pour moi un honneur et je ferai de mon mieux afin de ne pas vous décevoir.

Puis il prit congé du roi, rentra chez lui, embrassa Petite Perle et partit dans l'aube claire.

Sur son navire, le pêcheur était fier. Il voguait sur la mer et pensait à Petite Perle, là-bas, qui l'attendait. Le soleil l'accompagna puis ce fut au tour de la lune. Ses yeux alors ne voyaient plus que l'immensité du ciel étoilé.

– Ah, comme tout cela est merveilleux ! se disait-il. Et se laissant bercer par les flots, il s'endormit.

Un rêve vint se glisser sous ses paupières. Il était devant la grotte du trésor oublié. Il était roi. Personne d'autre que lui ne pouvait y entrer, et cela le faisait rire, rire. Seul le vent osait l'approcher. Mais les rêves ne sont-ils pas étranges ?

Enfin, la nuit qui enveloppait le pêcheur au matin s'en alla et le vent le réveilla.

Hélas, ce vent n'était pas la légère brise qui l'avait mené loin de la rive, mais une bourrasque cinglante. Une bourrasque qui déchirait les voiles et qui soulevait le navire par-delà les nuages. Jamais le pêcheur n'avait affronté pareille tempête. Face à ce déferlement d'écume, il opposa sa force et son courage pour trouver plus paisible chemin ; en vain. Se sentant perdu, il comprit soudain que le roi l'avait trompé et que le trésor si convoité n'était autre que sa Petite Perle que le souverain jaloux lui avait enlevée.

À la pensée de ne plus la revoir, son cœur se brisa. Le pêcheur alors sombra dans le désespoir et une vague, submergeant son navire, l'emporta corps et âme dans la tourmente.

La vague qui avait emporté le pêcheur l'abandonna sur un piton rocheux.

Durant le temps où il resta sans vie, une hirondelle, un singe bleu et un faucon s'approchèrent de lui. Quand enfin il ouvrit les yeux, l'hirondelle sautilla et se mit à chanter :

– Il s'éveille ! Il s'éveille !

Étonné de se trouver là, en si curieuse compagnie, le pêcheur demanda :

– Où suis-je ?

– Tu es au loin, répondit l'hirondelle, sur l'une des pierres d'un collier abandonné naguère par le soleil.

Puis le faucon s'approcha.

– Tu as dormi longtemps, dit-il. Pourtant, j'ai cru comprendre qu'un funeste voyage t'a mené jusqu'ici.

– Et qu'un tourment hante tes nuits, poursuivit le singe bleu.

En entendant ces mots, le pêcheur se mit à pleurer et, comme un enfant qui ne saurait mentir, il raconta à ceux qui l'avaient devinée son histoire tragique.

– Ah, voilà bien le seul destin des rois que de changer celui des hommes ! pesta le singe bleu après avoir entendu le récit.

– Mais il arrive parfois que le destin des hommes soit de changer celui des rois, sifflota l'hirondelle.

– Ami, n'aie crainte, dit le faucon au pêcheur, nous t'aiderons à retrouver Petite Perle. En attendant, il te faut reprendre des forces.

– Prends ces mangues, proposa le singe.

– Prends aussi quelques-uns de mes nids, proposa l'hirondelle.

Voyant que le pêcheur hésitait, le singe le rassura :

– Aussi vrai que je suis laid, ces nids sont mets raffinés qui réjouissent le palais.

Le pêcheur les goûta et, en effet, les trouva très bons.

– À propos de palais, demanda le singe, ne serait-ce pas là un plat étrange qui pourrait appâter le roi ?

– Aussi vrai que tu es malicieux, s'exclama le faucon, ton idée est ... délicieuse !

Et se tournant vers le pêcheur, il ajouta :

– Tu peux me croire, comme toi le roi se régalera, mais lui finira par se mordre les doigts.

Ainsi passa le jour qui vit renaître l'espoir.

Le lendemain tout le monde s'accorda. Le singe bleu irait donc offrir au roi l'étrange plat et tenterait par là même d'approcher Petite Perle.

– Pour éclairer ta route et te mener aux abords du royaume, lui dit le faucon, il te faut la pleine lune. Je m'en vais la chercher.

– Quant à moi, pépia l'hirondelle, je vais préparer mes nids.

Et d'un coup d'ailes, ils s'en allèrent.

Profitant de ce temps, le singe bleu montra au pêcheur les pierres parsemées du collier. Tout n'était que joyaux ; émeraudes des arbres, éclats des puits de lumière sertis de fruits aux écorces d'ambre, de fleurs aux pétales rubis et bordés de sable d'or.

– C'est magnifique ! s'extasia le pêcheur.

– Oui, répondit le singe. Et cela parce qu'il y a longtemps, le soleil invita la lune. Mais elle, dans sa course fantasque et vagabonde, négligea de répondre. Le soleil, vexé, jeta par terre le collier qu'il voulait lui donner. Et depuis, la lune, triste et désolée, cherche le soleil pour se faire pardonner.

Mais bientôt, le faucon et l'hirondelle revinrent. Pour le singe bleu, le moment du départ arriva. Il salua ses compagnons et, s'élançant de rai d'argent en rai d'argent, il s'éloigna dans la pâle clarté de la lune.

Au lever du jour, le singe bleu lâcha le dernier rayon de la lune. Il aperçut au loin, dans la grande forêt, les tours annelées du palais et se mit en chemin. Il glana ici et là quelques nouvelles. C'est ainsi qu'il apprit du serpent paradis que le souverain allait bientôt épouser Petite Perle. Il pressa le pas et arriva.

– Qui va là ? demanda une voix derrière la muraille.

– Messager d'une fidèle province, répondit le singe, j'apporte le cadeau de mon prince.

Alors, soudain, une porte d'ivoire incrustée de jade s'ouvrit. Le singe bleu pénétra dans l'enceinte du palais. Il fut ébloui. Sous le ciel parsemé de nuages, des parterres de marbre, des colonnes de porphyre et des fontaines de lapis-lazuli ornaient la demeure royale.

Enfin, c'est escorté de gardes, aux sons des flûtes et des tambours, qu'il traversa salles et dédales et fut conduit auprès du roi. Le singe bleu se prosterna et présenta ses hommages.

– Sire, illustre souverain, honorable maître, grand sage, guide couronné, j'apporte le cadeau de mon prince pour votre mariage.

– Messager, tu parles bien. Approche et montre-moi ce cadeau.

Le singe tendit alors le nid d'hirondelle.

– Comme c'est étrange ! remarqua le roi.

– Étrange, comme le dit justement votre majesté, mais savoureux quand on le mange.

Le roi, goulu, dévora plus qu'il ne goûta le mets nouveau.

– Hum ! s'exclama-t-il, merveille des merveilles. Voilà qui ravira mes hôtes.

Puis il ajouta :

– Va dire à ton prince que son cadeau me plaît.

– Mais, demanda le singe, ne faudrait-il pas, avant que je m'en aille, s'assurer que ce plat sera aimé, comme vous l'êtes, seigneur, par la future mariée ?

– Tu penses bien, observa le roi.

Et dans l'instant, il fit asseoir Petite Perle à ses côtés.

Le singe bleu la vit et ne put détacher son regard. Elle était drapée de brocart. Sa chevelure piquetée de fleurs et ses pendants d'oreilles rehaussaient sa beauté. Il lui donna un nid d'hirondelle.

Petite Perle porta à ses lèvres cette délicieuse coupelle, quand elle y vit, déposé dans le fond, un morceau de la voile qui claquait autrefois sur le navire de son tendre pêcheur. Elle sourit au singe et dégusta le nid sans rien laisser paraître.

– Messager, le plat de ton prince est un régal et sera sur ma table le jour de mes noces. Mais toi, le singe, dit-elle, sauras-tu ce jour-là me distraire comme le faisait naguère celui de mon enfance ?

– Assurément, car je connais les arts du chant et de la danse.

Et pour lui plaire, il se mit à caracoler, à virevolter, à tourbillonner et à fredonner des airs. Le roi, enchanté, l'applaudissait.

– Qu'il en soit fait ainsi, ordonna-t-il, puisque vous faites sourire Petite Perle, toi et ton prince serez les bienvenus.

Sur ces mots, le singe bleu s'inclina et, dans la nuit, s'en retourna vers ses amis.

À peine était-il de retour que le singe conta en détail ce qui s'était passé au palais.

– Je reconnais bien là ton audace, dit le faucon.

– Je salue ta bravoure, ajouta le pêcheur, et je n'ai qu'une hâte, aller sauver Petite Perle.

– Tes compliments vont à mon cœur et j'ai, comme toi, le désir d'en découdre avec cette histoire. Mais il faudra rester prudents, car si le roi est sot, ses gardes sont bien armés.

Et à l'ombre d'un vieil arbre, le singe bleu expliqua à chacun ce qu'il aurait à faire.

– Toi, pêcheur, en mettant ce pagne, tu seras le beau prince vêtu d'or et de soie que le souverain attend et qu'il ne soupçonne pas.

– Toi, mon hirondelle, ma faiseuse de merveilles, apporte sans attendre tes nids délicats et pendant notre absence cache-toi dans la grotte. Il vogue non loin d'ici quelques pirates et la grogne me gratte à l'idée qu'on t'attrape.

– Toi, le faucon, mon bon compagnon, tes ailes emporteront le prince et le ramèneront avec Petite Perle.

– Quant à moi, comme au premier voyage, je m'en irai pour revenir, par les lianes d'argent, sur la grande roue de la lune. Et je ferai le pitre, le farceur et le clown. En attendant, reposons-nous un peu.

Ce faisant, ils mangèrent quelques fruits sur l'ourlet de la grève. Puis vint la nuit et ils partirent à l'abri des étoiles.

Au lever du jour, le singe bleu lâcha le dernier rayon de la lune. Puis vinrent le faucon et le pêcheur, aux allures de prince. Ils aperçurent au loin, dans la grande forêt, les tours annelées du palais et se mirent en chemin. Ils glanèrent ici et là quelques nouvelles. C'est ainsi qu'ils apprirent du serpent paradis que les préparatifs du mariage allaient bon train. Ils pressèrent le pas et arrivèrent.

– Qui va là ? demanda une voix derrière la muraille.

– Le prince et le messager de la fidèle province, répondit le singe. Nous venons présenter nos hommages au souverain.

Alors, soudain, la porte d'ivoire incrustée de jade s'ouvrit. Ils pénétrèrent dans l'enceinte du palais et là, sous le ciel parsemé de nuages, tous les courtisans furent éblouis.

Le singe bleu ouvrait la marche, portant des plats de porcelaine où trônaient les succulents nids d'hirondelle. Suivaient le prince, vêtu d'or et de soie sous un dais d'orchidées, et le faucon altier qui avait déployé ses ailes. Jamais un tel cortège n'était entré au palais, et c'est aux sons des tambours et des flûtes qu'il traversa salles et dédales et fut conduit auprès du roi.

Le prince se prosterna :

– Sire, illustre souverain, honorable maître, grand sage, guide couronné, acceptez mes louanges et mes vœux de bonheur pour votre mariage.

Le roi, qui ne reconnut pas le pêcheur qu'il avait éloigné sur la mer, lui répondit :

– Tu parles bien. Comme tes nids, tes paroles me plaisent. Prends place avec tes amis non loin de moi et que la fête commence.

Mais quand le prince aperçut Petite Perle, tout de blanc vêtue, si jolie avec ses pendants d'oreilles, il sentit toute la détresse du monde envahir son âme. Il voulut l'enlever sans attendre.

Voyant cela, le singe bleu posa une main sur son épaule pour l'en empêcher et lui assura :

– Tu peux me croire, en toute circonstance le temps patiemment avance et, prudemment, éloigne ceux qui le pressent.

Ainsi, il n'y avait rien à craindre. Mot après mot, l'histoire allait s'écrire. Donc, sur ordre du roi, la fête commença. Quelle fête ! Les arbres de la forêt s'en souviennent encore.

Les convives, dégustant les nids d'hirondelle, se régalaient. Petite Perle, leur nouvelle reine, voyant en la personne du prince son tendre pêcheur, ne laissait rien paraître des tourments de son cœur. Et faisant mine de se réjouir, elle demanda au singe bleu de les divertir.

Cela fut si merveilleux que personne ne le quitta des yeux. Il commença par fredonner l'air de la mangue et raconta d'anciennes légendes. Puis, attrapant des pépites de lumière et des noix de cajou, il se mit à jongler. Le vent du soir était doux et la musique joyeuse.

Sur un tapis de pétales rouges, le singe dansait, tournoyait comme une toupie et, sur les murs du palais, les

déesses de pierre, alanguies et gracieuses, dansaient aussi. Enfin, il emmena le roi et ses invités vers l'esplanade pavée de marbre. Là, d'un coup de baguette magique, il fit chanter l'eau des fontaines et sonner les colonnes de porphyre. La foule, ravie, tapait dans ses mains.

Alors, profitant de l'aubaine, le prince prit Petite Perle dans ses bras. Sans bruit il l'enleva. Et dans la nuit, le faucon altier qui avait déployé ses ailes les emporta à l'abri des étoiles.

Le singe bleu avait raison. Pendant que le roi et la foule ravie l'acclamaient, le temps patiemment avançait.

Soudain le souverain fut inquiet. Où était donc Petite Perle ? Il appela sa jolie reine, son épouse bien-aimée. Il la chercha dans les salles et les dédales, pensant qu'elle voulait l'entraîner dans une partie de cache-cache.

Mais quand il s'aperçut que le prince et sa suite avaient également disparu, le roi comprit. Il comprit que ce sujet et son escorte fidèle, avec pour seules armes quelques nids d'hirondelle, s'étaient bien moqués de lui. Alors il se mit à hurler, à trépigner, à bousculer les dieux assis, à réveiller les dieux couchés.

Les courtisans, épouvantés, prirent la poudre d'escampette, abandonnant le roi à sa terrible colère. Ce dernier, plus enragé qu'un tigre, prit son arc et ses flèches, héla ses gardes et s'élança à la poursuite de ceux qui l'avaient outragé.

Toutefois, il n'y avait rien à craindre. Voici, mot après mot, comment le destin s'est écrit.

Le roi, plus enragé qu'un tigre, prit son arc et ses flèches, héla ses gardes et tenta de poursuivre ceux qui l'avaient humilié. Mais en vain, car il apprit du serpent paradis que son règne était fini. Évidemment, le souverain ne voulut pas le croire.

– Maudit reptile, cria-t-il, je n'ai que faire de tes sornettes et si je t'attra...

Seulement voilà, le temps lui manqua et il ne put terminer sa phrase.

Déjà le serpent paradis, persiflant la bonne nouvelle, se lovait autour de lui, faisant choir son carquois. Et de là, il sinua sur les entrelacs de pierre, il ondula sur les épaules des déesses, traînant dans son sillage les racines, les lianes et les branches des hautes fougères. Il fit, sans crier gare, disparaître les tours et la porte d'ivoire sous le manteau verdoyant de la grande forêt.

Et c'est ainsi que le roi fut emprisonné dans son palais et que personne ne le revit plus jamais.

Très loin de là, l'hirondelle attendait ses compagnons, tapie dans le fond de la grotte. Cachée de la sorte, pas un pirate, même aguerri, ne pouvait l'apercevoir.

Pour calmer son inquiétude elle priait avec force. Aussi, quand le singe bleu lâcha le dernier rayon de lune et vint la chercher, elle sautilla de joie. Peu après, tout le monde se retrouva sur l'ourlet de la grève.

Voletant autour de Petite Perle, l'hirondelle lui souhaita la bienvenue et Petite Perle, très émue, joignit ses mains et la salua. Puis, ne tenant plus d'impatience, l'hirondelle se posa sur une branche et écouta ses amis.

Chacun, alors, conta dans les moindres détails ce qui s'était passé au palais.

Tout ouïe, l'hirondelle applaudissait et se moqua du roi quand elle l'imagina prisonnier de la grande forêt et du serpent paradis.

– Voilà qui est bien fait ! dit-elle au terme du récit. Mais tous ces exploits ont eu raison de vous. La fatigue a terni vos visages et je ne vois qu'un remède : une longue sieste. Croyez-moi, l'ombre des arbres est un endroit propice et le zéphyr bercera votre paresse.

Aussitôt dit, aussitôt fait ! Épuisés, les compagnons tombèrent de sommeil avec pour bonne fée l'hirondelle. Et blottie comme elle l'était, dans le creux des feuillages, pas un pirate, même aguerri, ne pouvait l'apercevoir.

Au lendemain de ces mésaventures, la vie peu à peu reprit son cours.

Le pêcheur fit découvrir à sa belle épouse les îlots d'émeraude, joyaux parsemés du collier abandonné naguère par le soleil. L'éclat des puits de lumière, les fruits aux écorces d'ambre et les fleurs aux pétales rubis charmèrent Petite Perle. Et c'est dans une grotte bordée de sable qu'ils logèrent leur nouveau bonheur.

Les jours désormais étaient doux. Dans l'aube claire, le pêcheur et le faucon partaient sur la mer pour lancer leurs filets. L'hirondelle rejoignait Petite Perle et, lui tenant compagnie, elle tressait auprès d'elle ses délicates merveilles. Le singe bleu, rieur, plaisantait et cueillait des mangues fraîches.

À la tombée du soir, ils mangeaient ensemble sur l'ourlet de la grève. L'air léger avait un goût de miel et la lune semblait avoir moins de peine.

Un soir, alors qu'il donnait de lointaines nouvelles du serpent paradis, le singe bleu confia au pêcheur et à Petite Perle :

– Aussi vrai que je suis laid, quand ici-bas nous ne serons plus, quand le temps sera venu de reprendre notre course fantasque et vagabonde à travers les étoiles, un voyageur égaré découvrant le palais, enlacé par la grande forêt, pensera trouver un trésor.

Puis s'en allant dormir, il ajouta :

– À propos, ne vous avais-je pas dit que la grotte qui garde vos cœurs renferme, elle aussi, un trésor ? Un trésor oublié il y a fort longtemps par un pirate qui l'avait caché là et qui n'est jamais venu le reprendre.

Troublé par ce qu'il venait d'entendre, le pêcheur se souvint du rêve qu'il avait fait jadis. Mais les rêves ne sont-ils pas étranges ?

Alors, dans la nuit de la grotte qui les enveloppa, le pêcheur et Petite Perle virent à la lueur d'une lanterne des coffres débordant de coupes et d'étoffes, de bijoux et de pièces d'or.

Et pensant au roi déchu, prisonnier là-bas de la jungle profonde et du serpent paradis, cela les faisait rire, rire.

Le Peintre de la Lune

Il pleuvait à verse sur les pavés de la place.

Frissonnante sous sa cape, la lune en ce soir d'hiver s'abrita sous une porte cochère. Ses pas sonnèrent sous le porche et l'entraînèrent vers une faible lumière. Derrière un carreau ruisselant sur lequel elle posa le bout de son nez, la lune aperçut un amas de toiles, des tubes et des pinceaux. Et près d'un poêle, couché sur un divan, un peintre rêvant dans la chaleur de l'atelier.

La lune avait si froid. Elle entra sur la pointe des pieds et se posa à ses côtés.

Au sortir de son rêve, le peintre, voyant la lune auprès de lui, sursauta. Elle esquissa un sourire et murmura :

– Je ne vous ai pas réveillé ?

– Non, mais votre présence me surprend.

– Je comprends, dit la lune. Vous ne m'attendiez pas. Si je vous dérange…

– Vous ne me dérangez pas. Voulez-vous boire une tasse de thé ?

– Volontiers.

La lune était belle et le peintre, troublé, ne pouvait en détacher son regard.

– Vous demeurez dans le quartier ? demanda-t-il, étonné.

– Non, je ne faisais que passer. D'ailleurs je dois m'en aller et poursuivre ma route.

Le peintre raccompagna la lune. Sur le pas de la porte elle releva le col de sa cape et se tournant vers lui :

– Je vous remercie pour le thé.

– Moi de votre visite.

Puis le peintre ajouta :

– Aurai-je la joie de vous revoir ?

La lune s'élança dans la nuit et répondit :

– Je viendrai demain soir.

Le lendemain, le peintre acheva le tableau d'un bouquet champêtre. Au crépuscule il alluma des chandelles, mit sur la table un pichet de vin, une corbeille de mangues, des galettes. Et par la fenêtre entrouverte, il guetta la lune.

Il la vit au loin. Puis il entendit ses bottines sonner sous le porche. Enfin, elle frappa à la porte.

– Bonsoir, lui dit-il.

– Bonsoir.

– Avez-vous fait bon voyage ?

– Excellent ! Dans un ciel sans nuages.

Le peintre ôta la cape de la lune et l'invita à s'asseoir. Devisant, ils firent peu à peu connaissance. Les galettes étaient bonnes, les mangues délicieuses et le vin gouleyant.

– Est-ce là un de vos paysages ? demanda la lune en regardant le bouquet.

– En effet, paré des couleurs de l'été. Dans un vieux pot de terre, des épis de blé, des pivoines, des fougères et quelques bleuets enrubannés de lierre.

– Superbe gerbe ! s'exclama la lune. Mais je parle, je parle et j'abuse de votre hospitalité, dit-elle en se levant. Pour vous, il se fait tard, je dois m'en aller.

Le peintre la raccompagna. Sur le pas de la porte, elle releva le col de sa cape et se tournant vers lui :

– Ce fut un moment agréable. Je ne sais comment vous remercier.

– En revenant me voir, suggéra le peintre.

La lune s'élança dans la nuit et répondit :

– C'est entendu, je viendrai demain soir.

Le lendemain, le peintre prépara une nouvelle toile. À la tombée du jour, il alluma des chandelles, mit sur la table un broc de cidre, un gâteau aux pommes, des amandes. Et par la fenêtre entrouverte, il guetta la lune.

Il la vit au loin. Il entendit son pas. Enfin, elle frappa à la porte et le peintre l'accueillit.

La lune lui remit un petit paquet :

– Voici, pour vous, du thé de Chine.

– Comme c'est gentil ! Pour moi, vous avez fait ce long détour.

– Ne croyez pas cela. J'emprunte ce chemin tous les jours.

Ce faisant, ils dînèrent. Les amandes étaient croquantes, le gâteau délicieux, le cidre pétillant et sa mousse légère.

– Si je ne me trompe pas, voici comme une page blanche, dit la lune en montrant la toile.

– En effet, attendant patiemment que le modèle s'y étende.

Et soudain, le peintre prenant les mains de la lune lui demanda :

– Accepteriez-vous de poser pour moi ?

– Oh ! tant de temps est passé depuis si longtemps, répondit-elle. Ne suis-je pas trop vieille ?

– Non, dit le peintre. Vous êtes très belle.

La lune esquissa son joli sourire et accepta. Puis elle ajusta le col de sa cape et, s'élançant dans la nuit, se tourna vers le peintre et lui dit :

– À demain soir.

Le lendemain, comme promis, la lune revint chez le peintre. Ils dégustaient un friand à la cannelle quand elle dit :

– Votre modèle a peu de toilettes. Celle que je portais hier, brodée d'or. Celle que je porte ce soir, perlée d'argent. Et celle que je préfère, d'un gris nacré, incrustée de dentelle.

– Puis-je la voir ? demanda le peintre.

Derrière un paravent la lune se changea et se montra ainsi vêtue.

– Magnifique ! s'exclama-t-il.

– Mais hélas si fragile, soupira la lune. Un rien l'abîme. Il suffit d'une cime, d'une bourrasque de vent, d'un clocher d'église ou d'une vague d'océan pour en défaire les fils.

Tout en prononçant ces paroles, la lune s'étendit sur le divan et découvrit, d'une façon charmante, le bout soyeux de ses bottines blanches. Le peintre, attendri, la regardait et, d'un geste sûr, il dessina les contours alanguis de son modèle plein de grâce.

La lune était déjà bien loin quand il sombra dans le sommeil. Il avait pris sa place, au creux de son parfum. Un soupçon de cannelle sur le bord de ses lèvres lui fit croire, le temps d'un rêve, qu'elle était présente.

Avec le jour il s'éveilla, entrouvrit sa fenêtre pour regarder le ciel. Mais la lune était absente.

Quand la lune revint, le peintre l'accueillit dans un brouhaha de couleurs écarlates. À la lueur des chandelles, il avait posé sur la table un bouquet de fleurs d'amarante, une carafe de rosé et des coupes de cristal aux robes rougeoyantes. Un régal de bonheur, de pétales doux, parsemés de baies et de cerises gourmandes.

– Comme ces couleurs me plaisent ! s'exclama la lune. Elles réchauffent mon cœur et celui de l'hiver. Où les avez-vous donc cueillies ?

– Au marché de midi, répondit le peintre.

Et, sans attendre, il lui montra les trésors pourpres de sa palette. Le vermillon des jours de fête, le rubis des promesses, le corail des grands voyages, la joie de l'incarnat, l'infidèle carmin et le soleil garance des pays lointains. La lune était émerveillée.

Puis le peintre se pencha sur son visage et colora sa bouche d'une touche grenat. D'un coup de pinceau de

martre, il estompa le fard mordoré de ses joues et rehaussa d'une pointe noire sa petite mouche de taffetas.

Au moment de partir, la lune se regarda dans un miroir.

– Vous me trouvez jolie ? demanda-t-elle au peintre.

– À faire pâlir d'envie toutes les étoiles.

La lune esquissa son sourire et s'élança dans la nuit.

Dans le ciel étonné de la voir ainsi, le vent voyou siffla sur son passage. Et la trouvant à son goût, il fit tournoyer cette nouvelle lune rousse.

Le lendemain, la lune revint et conta ce qui s'était passé au ciel. Au terme de son récit, elle offrit au peintre une boîte à malices coloriée. Étonné, il demanda pourquoi.

– N'est-ce pas aujourd'hui votre anniversaire ? répondit la lune.

– Comment l'avez-vous su ?

Mais la lune resta silencieuse. Elle se régala de sorbets fruités et laissa planer ce mystère.

Le peintre, curieux, ouvrit la boîte. Elle était vide. Le voyant étonné, la lune lui murmura alors d'un air espiègle : « Il faut tomber dedans ». Et le prenant par la main, elle l'entraîna avec elle.

Le temps d'un éclair, ils arrivèrent dans un vieux théâtre de pierre. Dans l'écrin de la nuit, ce lieu étrange, naviguant sur la mer, leur sembla d'un autre âge. Un rideau de brume se leva, une vague de flambeaux illumina la scène et le spectacle commença.

Un magicien jouait avec une balle. Une balle, mais n'était-ce pas une plume d'ange, un soleil, une ronde ? N'était-ce pas une orange, une pépite de miel ou une pomme blonde ? se demandaient la lune et le peintre. Non, ce n'était rien de tout cela. Soudain, sans crier gare, le magicien lança la balle qui rebondit en mille morceaux et fit jaillir toutes les couleurs du monde.

Fascinés, la lune et le peintre s'enthousiasmaient. Ils applaudissaient, ils riaient aux éclats quand, d'un coup de baguette, ils se retrouvèrent tout ébouriffés dans l'atelier, assis sur le sofa.

La lune riait encore quand elle s'éleva dans le ciel et se tournant vers le peintre elle dit :

– Bon ami, bon anniversaire, et je vous le promets, je reviendrai.

Et le lendemain, la lune revint. Il en fut ainsi chaque soir.

Depuis leur première rencontre, combien de nuits étaient passées ? Nul ne saurait vous le dire et, en ce soir d'hiver, c'était sans importance. En ce soir d'hiver, il gelait à faire fendre les pavés de la place. La lune avait chaussé pour s'en défendre de beaux souliers fourrés. Et ses pas, silencieux sous le porche, l'entraînèrent vers le halo familier de la douce lueur.

Derrière le carreau piqueté de givre sur lequel elle posa le bout de son nez, elle aperçut les tubes et les pinceaux. Et près du poêle, le peintre qui l'attendait dans la chaleur de l'atelier.

Elle entra, esquissant son joli sourire, ôta sa cape d'hermine et se lova bien au chaud sur les coussins de soie tourmaline.

La lune avait rapporté de Corinthe des raisins et de la lumière. Le peintre en apprécia toutes les saveurs. Puis elle parla de ses voyages et d'une poudre volage au doux nom de safran. Soudain, elle vit son portrait à la une d'un journal du soir et s'en étonna.

– Le savant mesureur du ciel s'inquiète de ne plus vous voir, expliqua le peintre.

À ces mots, la lune sanglota et se confia :

– Oh ! si vous saviez. Cela fait une éternité qu'il guette mes allées et venues. Tapi dans l'obscurité il veille et scrute l'empreinte de mes pas. Que me veut-il donc ?

– Sans doute faire connaissance, suggéra le peintre.

– Je n'en crois rien, soupira la lune. Certains sont même venus jusqu'à ma porte. Ces bougres d'indiscrets ont fouillé mon jardin. Maligne, j'ai fait la morte et pris grand soin de tout cacher. Voilà pourquoi ils n'ont trouvé que quelques pierres grises à ramasser.

Au terme de ces confidences, la lune releva le col de sa cape. Mais, inquiète, elle demanda au peintre avant de partir :

– Avez-vous parlé de moi au savant ?

Attendri, le peintre essuya les larmes de sa belle amie, serra ses petites mains gantées et lui assura :

– Non, je n'ai rien dit à personne.

La lune, apaisée, esquissa alors son joli sourire et s'élança dans le ciel.

Le lendemain, le peintre repensa au chagrin de la lune. Aussi ne songea-t-il qu'à lui faire plaisir.

Il orna la table de mimosa. Puis, dans un plat de porcelaine où dormaient quelques mirabelles, il mit des écorces de citrons confits, des tranches d'ananas. Et pour faire danser les bougies, il posa sur la nappe des flûtes de champagne.

À la tombée du jour, la lune arriva et tira de dessous sa cape un petit coffret d'argent. Elle ne l'ouvrit qu'à la fin du repas.

– J'ai vogué sur le Gange pendant votre sommeil, dit elle au peintre, et j'en rapporte l'épice des anges au doux nom de safran.

Intrigué, le peintre joua de ses narines pour humer cette senteur lointaine, enivrante et veloutée. C'est alors qu'il éternua et l'épice s'envola dans l'atelier.

À la lueur des chandelles, la poudre fit merveille. Semblable aux poussières d'or, elle retomba lentement, irisant de reflets flamboyants la longue chevelure et les cils de la lune.

Charmé, le peintre prit ses pinceaux et le portrait qu'il fit d'elle ce soir-là porta le nom étrange de Makara.

Plus tard dans la nuit, la lune reprit sa course à travers les étoiles et le peintre rêva. Sous ses paupières closes, son cœur était ensoleillé.

Le peintre s'éveilla avec le jour.

Il se rendit chez le marchand de couleurs. Des pigments qui garnissaient l'échoppe, il tira le vieil or de l'ambre, l'éclat des genêts d'Espagne et le blond ardent des dunes.

De retour à l'atelier, il acheva le portrait de sa belle et fit pour elle des galettes sucrées.

Une chose, une autre et déjà le soir était tombé. La lune allait arriver.

Le peintre songeait avec bonheur au moment où il serait avec elle, quand l'heure avancée d'une ancienne pendule sonna.

– La lune est en retard, se dit-il. C'est la première fois.

Mais voilà que sans attendre une autre heure sonna, et la lune n'était toujours pas là.

– Peut-être a-t-elle déchiré sa robe, pensa le peintre. Ses dentelles sont si fragiles. Il suffit d'une cime, d'une bourrasque de vent, d'un clocher d'église ou d'une vague d'océan pour en défaire les fils.

Soudain, un soupçon de safran flottant dans l'air le trompa et lui fit croire un instant qu'elle était présente. Hélas, le peintre entrouvrant sa fenêtre pour regarder le ciel vit que la lune était absente.

Une autre heure avancée de l'ancienne pendule sonna.

– Ma lune, ma douce, ma belle a dû se perdre, se tourmenta le peintre.

Ce faisant, il enfila son manteau et dans l'air glacé il battit le pavé de la ville. Il la chercha dans les ruelles, sur les haubans des ponts suspendus, dans l'eau des fontaines et sur les épaules des statues. La lune n'y était pas.

– Peut-être est-elle prisonnière des filets du pêcheur d'étoiles, pensa le peintre.

Il descendit vers le port d'où partent les grands navires. La lune n'y était pas.

– Peut-être a-t-elle croisé le savant mesureur du ciel, se demanda le peintre.

Alors il gravit les marches de l'observatoire. Mais le savant, inquiet, dit que la lune ne venait plus depuis longtemps.

Désemparé, le peintre s'en retourna chez lui. Dans l'atelier silencieux, il erra l'âme en peine et là, devant les portraits qu'il avait faits d'elle, il se mit à pleurer.

Oh ! se pouvait-il que sa lune soit partie ? Se pouvait-il que sa douce, sa belle au sourire exquis le laisse ainsi ?

Une heure, une autre et bientôt la première du jour sonna pour saluer l'aurore. Le peintre ne l'entendit pas. À cette heure du jour, le peintre pleurait encore.

La lune arriva enfin, haletante et tremblante de froid. Le peintre la serra dans ses bras.

– Ma belle, comme vous m'avez manqué ! Mais que vous est-il arrivé ? Qui a déchiré votre jolie robe et défait votre longue chevelure ?

– C'est le vent, répondit-elle. Ce sauvage sans vergogne voulant tout détruire sur son passage a soulevé des colonnes de sable, des tourbillons de neige. Il a lancé ses ouragans, amoncelé ses nuages. Rassemblant mon courage, j'ai forcé ce violent barrage, sinon les enfants seuls au monde qui cherchent la lumière se seraient perdus. Hélas, le vent ne me pardonne pas cette audace et me poursuit sans relâche. Au creux des roches acérées de la Cordillère je me suis cachée, mais il a retrouvé ma trace et j'ai dû m'enfuir.

Ce récit bouleversa le peintre. Délicatement il posa la lune sur les coussins de soie et prenant sa main il lui dit :

– Ici vous ne craignez rien. Le vent ne sait pas qui je suis.

Puis il ajouta :

– Ma maison n'est pas grande mais peut bien abriter deux cœurs, et si j'osais, je vous dirais...

– Osez ! intima gentiment la lune.

– Je vous dirais alors : « Restez, je vous aime. »

– Si j'osais à mon tour, murmura la lune, je vous répondrais...

– Osez ! supplia le peintre.

– Je vous répondrais alors : « Je vais rester. Je vous aime aussi. »

Ainsi va la vie. Si étrange que cela puisse paraître, la lune et le peintre vécurent ensemble. Elle fut son unique modèle et il fit découvrir à sa belle tout ce qu'elle ne pouvait pas voir du haut de ses fenêtres. Il l'emmenait au théâtre, à l'opéra. Dans les nuits de juillet, il l'emmenait au bal. Chaussée de ses souliers d'ivoire, la lune dansait et faisait virevolter ses parures éclatantes. Mais ce qu'elle préférait, c'était le carnaval. Dans la foule joyeuse et bigarrée, qui aurait pu la reconnaître ?

Quand ils ne sortaient pas le soir, le peintre racontait la mystérieuse histoire du temps qui passe. La lune écoutait, intriguée.

Pendant ce temps qui passe, le savant mesureur du ciel se lamentait dans son observatoire. Perplexe, il faisait, défaisait et refaisait ses opérations. Additions, soustractions, multiplications ou divisions ; ses calculs étaient bons. Pourtant, l'étrange phénomène persistait. Et quand, désœuvré, il regardait dans sa grande lunette, il n'apercevait qu'une vieille chouette perchée, allez savoir pourquoi, sur la branche d'une étoile.

Depuis leur première rencontre, combien d'années s'étaient écoulées ? Seul le peintre aurait pu vous le dire. Mais en ce soir d'hiver, cela n'avait pas d'importance. En ce soir d'hiver, il gelait à faire fendre les pavés de la place. La lune buvait du thé de Ceylan auprès de son bien-aimé.

Puis, sur le carreau piqueté de givre, elle posa le bout de son nez. Des flocons de neige tournoyaient dans le vent et des quenouilles de glace aux allures menaçantes se balançaient au bord des toits.

Elle revint vers le peintre, esquissant son joli sourire, ôta ses petits chaussons d'hermine et se lova bien au chaud sur les coussins de soie.

Un nouveau jour se leva, semblable aux autres jours. Enfin presque. Parce que, au silence de l'ancienne pendule, le peintre, vieilli par les ans, sut que ce jour-là serait pour lui le dernier.

La vie est ainsi. Si douloureux que cela puisse paraître, ici-bas tout va et se termine.

Pour autant, il ne fut pas triste. Quand ses souvenirs lui revinrent à l'esprit, ses yeux pétillèrent de bonheur. Images heureuses des jeux de son enfance, de ses premiers dessins, de sa rencontre avec la lune et du succès de ses toiles. Oh ! bien sûr, il eut comme tout un chacun son lot de blessures, mais il ne songea pas à se plaindre.

La lune devina que l'heure de ce mystérieux départ avait sonné et s'approcha de lui :

– L'histoire que vous me racontiez était donc vraie, nous allons partir en voyage ?

– Mais je n'en connais ni les routes ni les détours, répondit le peintre.

– Laissez-moi faire, dit la lune.

Elle sortit d'une malle la boîte à malices coloriée et, se tournant vers le peintre :

– Vous souvenez-vous, mon bel amour ?

Ému, il l'ouvrit. Comme autrefois, elle était vide. La lune regarda son bien-aimé, esquissa son joli sourire et murmura d'un air espiègle :

– Il faut tomber dedans.

Alors, elle le prit par la main et l'entraîna avec elle.

Le peintre, comme une plume d'ange, s'éleva avec la lune. Bien au-dessus des fontaines et des ponts suspendus. Bien au-delà du Gange et de la Cordillère. En route, le peintre crut apercevoir le magicien de son anniversaire. Mais n'était-ce pas le jongleur d'étoiles de la muraille de Chine, le faiseur de lumière des rives de Corinthe ou le conteur d'histoires de l'île de Ceylan ? N'était-ce pas le funambule de la dernière heure ou le grand maître chanteur ? Non, ce n'était rien de tout cela.

Soudain, le temps d'un éclair, la lune fit entrer le peintre en son jardin. Les pierres grises de ses chemins escarpés semblaient l'attendre depuis longtemps. En cadeau de bienvenue, elle les lança en l'air et fit jaillir toutes les couleurs du monde.

Fasciné, le peintre applaudissait, riait aux éclats. Il prit la lune dans ses bras, il l'embrassa tendrement et, pointant l'horizon, il demanda :

– Quel est ce rouge là-bas, que je ne connais pas ?

– C'est celui de Saturne. Nous irons le voir, il habite à deux pas.

Puis la lune esquissa son joli sourire et prit bien soin de refermer la porte.

– Sait-on jamais, dit-elle au peintre. Les voyageurs sont parfois indiscrets.

Pendant ce temps-là il pleuvait à verse sur les pavés de la place.

Frissonnant sous sa cape, le savant mesureur du ciel s'abrita sous la porte cochère. Ses pas sonnèrent sous le porche et l'entraînèrent vers l'atelier. Sur le carreau ruisselant, il posa le bout de son nez. Le voyant faire, un locataire s'approcha :

– Vous cherchez le peintre ?

– En effet ! J'ai découvert chez un ami marchand quelques-unes de ses toiles et je sais maintenant que c'est lui qui a décroché la lune.

– Ah ! dit le locataire en hochant la tête, vous parlez de sa dame qui posait là, sur le sofa. Il est vrai qu'elle était très belle et le peintre l'aimait beaucoup.

– Peut-être savez-vous vers quelle heure je pourrai le voir ? dit le savant.

– Hélas, monsieur, le peintre s'est éteint hier soir.

À ces mots, le savant sursauta et le chagrin qu'il éprouva le laissa sans voix. Il salua de son chapeau et s'en retourna sur la place.

Déjà le crépuscule enveloppait la ville et un halo de lumière bleutée flottait sur les pavés mouillés. Le savant releva le col de sa cape et lança un regard vers les nuages grisonnants.

C'est alors qu'il fut ébloui.

Sans perdre un instant il se mit à courir. Le cœur battant, il gravit essoufflé les marches de l'observatoire et là, dans sa grande lunette, il vit qu'une lune nouvelle s'élançait dans le ciel.

Table des matières

Dans la même collection

Contes d'Afrique,
texte d'Henri Gougaud, illustré par Marc Daniau, 1999

Contes du Pacifique,
texte d'Henri Gougaud, illustré par Laura Rosano, 2000

Histoire des trois souhaits et autres contes,
texte d'Isaac Bashevis Singer, illustré par François Roca, 2000

Aventures,
texte d'Italo Calvino, illustré par Yan Nascimbene, 2001

Contes d'Asie,
texte d'Henri Gougaud, illustré par Olivier Besson, 2001

Contes du grenier,
texte d'Emmanuelle et Benoît de Saint Chamas,
illustré par François Roca, 2002

Contes du Moyen Âge,
texte de Michel Zink, illustré par Pierre-Olivier Leclercq, 2002

L'Oiseau bleu et autres contes,
texte de Madame d'Aulnoy, illustré par Laura Rosano, 2002

Contes du Mississippi,
texte de Stéphane Koechlin, illustré par Sophiek, 2002

Contes d'Europe,
texte d'Henri Gougaud, illustré par Marc Daniau, 2002

La Mythologie grecque, contes et récits,
texte de François Busnel, illustré par Christophe Blain, 2002

Palomar,
texte d'Italo Calvino, illustré par Yan Nascimbene, 2003

Contes de la cave,
texte d'Emmanuelle et Benoît de Saint Chamas,
illustré par François Roca, 2003

Contes de guerre,
texte d'Akiyuki Nosaka, illustré par Olivier Besson, 2003

Contes à musique,
texte de Bernard Chèze, illustré par Catherine Jeanne Mercier,
2003

Pipì, ou le petit singe couleur de rose,
texte de Carlo Collodi, illustré par Lionel Koechlin, 2003

Contes du désert,
récits de Sidi Mohamed Iliès, recueillis par Jean Clottes,
illustrés par Laurent Corvaisier, 2003

Contes des Années folles,
texte de Stéphane Koechlin, illustré par Sophiek, 2004

Contes d'Amérique,
texte d'Henri Gougaud, dessins de Blutch, 2004

Contes de Lituanie,
texte de O.V. de L. Milosz, illustré par Marc Daniau, 2005

Le Baron perché,
texte de Italo Calvino, illustré par Yan Nascimbene, 2005

Hors collection

Contes de Grimm (vol. 1),
texte de Jacob et Wilhelm Grimm,
illustré par Nikolaus Heidelbach, 2003

Contes de Grimm (vol. 2),
texte de Jacob et Wilhelm Grimm,
illustré par Nikolaus Heidelbach, 2004

Contes d'Andersen,
texte de Hans Christian Andersen,
illustré par Nikolaus Heidelbach, 2005